Tiara Label

ティアラ文庫

三人の王子の独占愛

みだらな政略結婚

七福さゆり

presented by Sayuri Shichifuku

JN267483

プランタン出版

目次

※本作品の内容はすべてフィクションです。

プロローグ　淫らな初夜の始まり

生涯たった一人の人を愛し抜く。

情熱的に抱きしめられるのも、甘い口付けをするのも、そして肌を許すのもたった一人の夫だけ――。

幼い頃からそう教えられていたし、両親もそうだったし、周りの人間もそうだったから、リディはそれが当たり前だと思っていた。自分もそうしてたった一人の人と結婚して妻となり、愛し、愛されていくのだと思っていた。

思っていたのに……。


何重にも重なったカーテンの奥に、大きなベッドが一つ――。

そこにはリディと三人の青年がいた。

ベッドに寝そべるリディは、丁寧に梳《す》いた銀色の髪が乱れるのも気にせず、ふるふると首を左右に振って甘い声をあげていた。

短く切りそろえられた金色の髪を持つ青年の指が、リディの何も知らない花びらを割り、敏感な蕾《つぼみ》を撫《な》でた。

そこはハニーポットをひっくり返したようにたっぷりと濡れていて、青年の長い指が動くたびにぐちゅぐちゅと淫らな音を立てる。

「あっ……ン……や……ぁっ……」

びくびく身悶《みもだ》えするたびに、興奮で赤みを帯びた豊かなミルク色の胸は、長い栗色の髪の青年と短く切りそろえられた赤い髪の青年二人の大きな手に揉みしだかれ、ふにゅふにゅと形を変える。芯を持ったように尖《とが》った先端は口に含まれ、長く熱い舌で扱《しご》かれた。

傍《はた》から見れば、寝室に押し入った複数の男に襲われているように見えるだろう。しかし、リディは襲われているのではない。

「リディ、あなたの心の内に秘めている恐怖は、私たちが全て溶かしてあげよう。何も心配することはない。ただただ私たちに身を任せ、押し寄せてくる快感を抗わずに受け入れて……」

金色の髪の青年が、甘く囁《ささや》いた。

リディは襲われているのではない。三人の夫……正確に言うと夫になる予定の青年に愛されている。

たった一人の男性を愛し、生涯を全うする。それが当たり前だと思っていたのに、リディには三人の夫が出来ることとなった。
どうしてこんなことになったかと言えば——ほんの少しだけ、時を遡《さかのぼ》ることになる。

第一章　三人の夫

「ねぇ、恋をするって、どんな感じなの？」

リディ・ビーレルは、紅茶のお代わりを淹《い》れてくれていた侍女のカルラに何気なく尋ねてみた。今年十六歳になったばかりの彼女は、恋に興味津々なのだ。

「えっ……！　ひ、姫様、何をいきなり……あっ……や、やだっ！」

動揺したカルラは顔を真っ赤にし、カップから紅茶を溢《あふ》れさせてしまうという失態を犯す。

「だって、とっても知りたいんだもの。サロンには私たちしかいないし、いいでしょう？ね、教えて？」

両手を合わせて真剣に頼み込むと、カルラは更に顔を赤くさせる。

リディがカルラにこんな質問をぶつけたのは、彼女がついこの間、長年付き合っていた恋人と結婚したからだった。

「そうですわね。私は夫と一緒にいると心が温かくなって、とても楽しくて、一緒にいるのに切なくなったり……それからなんでも出来そうな気がしますわ」

「なんでも？」

「ええ、空も飛べそうな気になれます」

「空っ⁉」

冗談かと思いきや、カルラの顔は真剣そのものだった。

「ええ、姫様もいつかわかりますわ。……いいえ、もうわかっていらっしゃるのでは？」

カルラはクスッと笑い、テーブルにたくさんの甘いお菓子やサンドイッチを並べていく。リディだけに用意されたものではない。これからここへ来る客人の分もある。

「……もしかして、アロイス様のこと？」

「ええ、もちろん。というより、アロイス様以外だと困りますわ」

ビショフ公爵家の長男である今年二十一歳になるアロイスは、エンジェライト国の騎士団長を務める屈強な青年で、リディの婚約者だった。今日は城の中庭にあるサロンで、一緒にお茶を楽しむ約束をしている。

リディの父が国王を務めているエンジェライト国は、〝ベティーナ〟という豊穣と平和の女神を崇《あが》めている厳格な教義を持ち、穏やかな気候に恵まれているので農耕が盛んな国だった。資源も豊かにあり、輸入に頼る必要がないので、他国との結び付きは非常に薄い。

そのため外交は必要最低限に留めており、どこの国にも属さず、友好条約も一切結んでいなかった。

国が出来てから二百年が経つが、その間に他国から侵略されそうになったのはただ一度だけと記録されている。

なぜなら『エンジェライト国を侵略しようとすれば、呪いに蝕《むしば》まれる』という噂が広く伝わっているからだ。

初代エンジェライト国王と正妃の間に生まれた姫には、生まれた時から不思議な力があったと伝えられている。

彼女が生まれた同時刻、神殿に祀《まつ》っているベティーナ神の像が涙を流したことから、彼女はベティーナと名付けられることとなった。

ベティーナ姫はたくさんの不思議な力を持っていたそうだ。ある時は天候を操り、またある時は人々を苦しめていた病魔を退けたという。元々豊かだったエンジェライト国は彼女の力により更に豊かになり、人々は笑顔に満ち溢れていた。

彼女が十六歳になる頃、エンジェライト国を自国の支配下に置こうと侵略してきたのが大国セラフィナイトだった。

ベティーナ姫は兵士を引き連れたセラフィナイト初代国王の前に颯爽《さっそう》と現れ、見る者全てを凍りつかせるような冷たい瞳でこう告げた。

『これ以上私の大切な国民を恐怖に陥れることがあれば、今後あなた方の国に恐ろしい災いが起こるでしょう』

『災い？　起こせるものなら起こしてみろ！』

血気盛んな兵士が見せしめとして、エンジェライト国の民に襲い掛かろうとしたその時、兵士は急に胸を押さえて苦しみもがき、泡を吹いて倒れた。他の兵士たちも次々と倒れ始めたのでセラフィナイト初代国王は恐怖に慄《おのの》き、兵を撤退させた。

しかし彼は自国へ帰るなり病にかかってすぐに亡くなり、エンジェライト国に足を踏み入れた兵士たちも次々と病や事故で亡くなったのだ。

災いはそれで治まるかと思えば更に続き、国全体で女性がぱったりと生まれなくなり、今では国民の八割が男性という事態に陥っている。

セラフィナイト国が撤退した直後にベティーナ姫が亡くなったということもあり、彼女が命と引き換えに呪いをかけたのだと広く知られることとなったのだ。

それ故にエンジェライト国はどこの国にも属することなく、小国でありながらも他国の侵略を受けずにいる状態なのだけれど、呪いが今でも続いているというセラフィナイト国があまりにも可哀想だ、とリディは思っていた。

もう侵略しようとしている人間は一人も生きていないのに、何の罪も犯していない者が被害を受けるのはおかしい。

幼い頃、母にそう話したら『リディは優しいのね』と頭を撫でてはくれたけど、同意は得られなかった。父からも、兄からも得られなかった。幼い頃はそれがどうしてなのかわからなかったけれど、今ならわかる。

エンジェライト国はセラフィナイト国を見せしめとして利用しているのだ。エンジェライト国に危害を加える者は、こんなにも長く呪いを受ける。だから手出しをするな——と。でも、誰かの犠牲の上に成り立つというのはおかしい。綺麗事を言うなと言われるかもしれない。実際にリディはどうすればセラフィナイト国の呪いを解けるのか、どうすれば見せしめがなくとも他国の後ろ盾のないエンジェライト国が無事でいられるのか、何度考えても良い案を出せずにいた。

「あら？　姫様、お髪《ぐし》が少しだけ乱れてしまっていますね。アロイス様が来るまでに直してしまいましょうか」

「いえ、大丈夫よ。アロイス様の前だもの」

ピンやマーガレットの髪飾りを取って編み込みを解《ほど》いて、首を左右に振ると青みがかった銀髪がふわりと舞う。ささっと手ぐしで直してしまえば、はい、完成。

長時間結っていると地肌が引っ張られて頭が痛くなるから、リディはこの自然な状態が一番好きだった。

「アロイス様の前だからこそ、ちゃんとしておかなくてはじゃないですか。さあ、前を向いて、じっとしていて下さいね」

あ、そっか、そう、よね……。

アロイスは家族同然なので、家族の前でなのだから自然体の姿でいいだろうとリディは思っているけれど、彼は婚約者なのだ。未来の旦那様、恋すべき、愛すべき人の前——綺麗でいたいと思うのは、当然の感情なのだろう。

私は一年後、アロイス様の妻になる……。

他国では姫が生まれると外交手段として外国へ嫁がせることもあるが、エンジェライト国は外交の必要がないため、姫が生まれても外交手段には使わない。姫が生まれると、自国の貴族へ嫁がせることが通例であった。

リディもそうだ。一年後にアロイスの下へ嫁ぎ、いずれ公爵夫人となる予定だ。彼は次期国王である兄の親友なので、幼い頃からよく城に出入りし、リディもとても可愛がって貰っていた。

リディにとってアロイスは、婚約者というより二人目の兄のような存在で、彼の妻になる……というのは、いまいちピンとこない。

アロイスと本当の家族になれるのは嬉しい。家族で楽しい時間を過ごしている時、この場にアロイスもいたらいいのに、本当の兄だったらよかったと、何度も思った。

でも、アロイスは兄になって、自分の家族になるのではない。夫になるのだ。

夫は、恋するべき人、愛する人、特別なキスをして、やがて……。

カルラがせっかく髪を直してくれていたのに、思わずぶるぶる首を左右に振ってしまい、また髪が乱れた。

「ひ・め・さ・ま?」

「ご、ごめんなさい。でも、やっぱりこのままでいいわ」

だってアロイス様はお兄様みたいなものだもの。

妻になってそんなことをするなんて、想像出来ない。というよりも想像してはいけない気がする。

いつかアロイスに、兄以上の気持ちを抱くことがあるのだろうか。恋をすることがあるのだろうか。

何度考えてもピンとこない。彼に恋心を抱くことが出来たら……とは思うけれど、恋なんてよくわからない。

こんなことで来年、本当にアロイスの下へ嫁ぐことが出来るのだろうか。いや、嫁がないといけないのだけど……彼に恋する日が訪れるのだろうか。

オレンジのジュレが入ったチョコレートを一粒口に入れると、扉が開く音が聞こえる。振り向くと、ハンカチで濡れた肩を拭うアロイスの姿があった。

「リディ、遅れてすまなかった」

「ううん、いいの。さっきまで晴れていたのに、また降ってきたのね」

「ああ……」

短く整えられたブルネットの髪やズボンの裾も濡れていて、すぐに駆け寄ってハンカチで髪を拭こうとするものの、百八十センチ以上ある彼の髪にはどう背伸びしても手が届かない。

「うぅうん……っ！」

「自分で出来るから大丈夫だ。気持ちだけ貰っておこう」

どうにかして届かないかと頑張ってみるけれど、やっぱり届かない。アロイスはクククッと笑って、リディの頭を子供のようにポンポンと撫でた。

子供扱いされるのが面白くなくて、でもどこか嬉しくて、大きな金色の瞳が自然と細くなる。

二人でテーブルを挟んで向かい合わせに座り、カルラが淹れてくれた紅茶を楽しむ。

「アロイス様、寒くない？　着替えてきた方が……」

「いや、大丈夫だ。紅茶で温まったし、何より着替えていたら、お前とこうして過ごす時間が短くなってしまって惜しい」

「そ、そう？　風邪を引いたら大変だし、無理はしないでね」

「ああ」

アロイスは親指の腹でリディの口元に付いていたチョコレートを拭うと、その指をペロリと舐《な》め取った。

いつからだろう。リディを見るアロイスの目や触れ方が、兄ではなく男性に変わった気がする。二人でいると妙な雰囲気になるような気もしていて、今までは彼と一緒にいるとホッと出来たのに、最近は気が抜けないというか……居心地の悪さを感じていた。

そう思ってしまうことに罪悪感を覚えて、胸の奥に何かがつかえているみたいだ。

こんなに居心地が悪いのに、いつかこの空気を心地よく感じるようになるのだろうか。

アロイスの顔を見ていられなくなり、視線を彷徨《さまよ》わせていると窓に目がいく。空は鉛色の雲に覆われ、雨はどんどん強まるばかり……。

「ここのところ雨ばかりね。部屋で育てているお花も、ここしばらく太陽の光を浴びていないから元気がないの。今までこんなに雨が続いたことって、あったかしら……」

ほんの少しだけ雨が止むことはあってもまたすぐに降り出してしまうため、もう一か月以上太陽の光を浴びていない。

「いや、ないな」

「そうよね。早く天気になってくれたらいいのだけど……」

こんなに雨が続いていて、農作物は大丈夫なのだろうか。

「大丈夫だ。我が国にはベティーナ神が付いているからな。長くは続かないだろう」

「ええ、そうよね」

でも、どうしてだろう。胸騒ぎがする。

ざわざわ、ざわざわと、漠然とした嫌な予感で胸がいっぱいだった。

◆◇◆

リディの嫌な予感は、見事的中した。エンジェライト国の長雨は止むことなく、二か月間も続いたのだ。

国始まって以来、最大の災害だった。

ようやく雨が上がって太陽の光を久しぶりに浴びることが出来たものの、もうすぐ収獲を迎えようとしていた作物は当然全て腐ってしまった。災害を想定して城にも食料は備蓄してあったが、こんなにも酷《ひど》い災害に襲われると思っていなかったために、わずかな量しかない。このままでは一か月持つか、持たないか……というところだった。

友好国がないエンジェライト国に助けが来る可能性はないに等しい。自国から助けを求めれば、助けてくれる可能性はあるけれど——確実に見返りを求められるだろう。何を要求されるかわからない。

慎重に動かなくては——。

そんな時、セラフィナイト国から使者が訪れ、エンジェライト国が復興するまで全力で支援したいと申し出てくれたのだった。

過去の遺恨があるセラフィナイト国——見返りに自国の支配下に入れと言われるのではないかと誰もが想像していたが、そうではなかった。

セラフィナイト国が求めてきたのは、自国の王子の下へリディを嫁がせるということだった。王族なら他国へ姫を嫁がせるのは珍しい話ではない。しかし向こうが出してきた条件は、リディを一人の王子の下へ嫁がせるのではなく、三人の王子の妻にしたいというとんでもない話だった。

なぜ、三人の下へ？

セラフィナイト国がエンジェライト国を侵略しようとしてから二百年が経つ。セラフィナイト国では女児の出生率がどんどん下がり、今では人口の八割が男性となってしまった。そのため一妻多夫制が認められていて国民のほとんどがそうしているが、王族だけは別となっていて、現に国王には正妻と妾《めかけ》が一人いる。それなのになぜリディが三人の王子の下へ？

リディの父は国王の立場であることを忘れ、一人の父として激昂《げきこう》した。

「三人の王子の妻……!?　おのれセラフィナイト！　私の大切な娘を辱め、過去の遺恨を晴らすつもりか！」

玉座から立ち上がり、剣を抜いて目を血走らせる国王を目の前にし、セラフィナイト国の使者は動揺しながらもそうではないと否定した。

セラフィナイトの国民の八割は男性——種を付ける役割の者がいても、生んでくれる役割の者がいない状態だ。

鼠《ねずみ》のように一度に複数産めるのならまだしも、人間はそうもいかない。一度に産めるのは多くても二人……しかも子を産める時期は限られている。女児の出生率も下がっているが、同時に国全体の出生率も下がっているため、このままでは国の存続に関わると、藁《わら》にもすがる思いで長年懇意にしている占い師に視て貰ったところ、二百年前、ベティーナ姫にかけられた呪いがまだ残っているという。そしてこの呪いを解くには、エンジェライト国の姫を三人の王子の妻にするしかないとのことだった。

正直なことを言えば、リディを無理やり拉致《らち》してでも連れてこようと考えていた。しかし占い師の話では、無理やりに嫁がせても意味がない。姫が自分の意思で嫁がなければ呪いは解けないそうで、どう話を持ち込もうか頭を悩ませていたところ——エンジェライト国に災害が起きたのだった。セラフィナイト国は支援の見返りとして、自らの意思でリディに嫁いで欲しいという。

セラフィナイト国はエンジェライト国が自国を見せしめとして利用していることも理解し、嫁いでくれるのなら、今後セラフィナイト国が見せしめに使えなくなったとしても、傘下に入らず、なおかつ友好条約を結ばなくともエンジェライト国が他国の侵略を受けそうになった時は守ってくれるという約束までしてくれた。

しかし両親や兄は、決してリディに「国のためにセラフィナイト国へ嫁いで欲しい」とは言わなかった。リディをどう守るか、家族一丸となって解決法を探してくれていた。

家族の気持ちが嬉しい。温かい。その気持ちがリディの心を優しく包んでくれて、姫としての勇気を与えてくれた。

国民が苦しんでいるのに、父や兄が必死になって国の存続に向けて奔走しているのに、何も出来ない無力な自分が歯がゆくて、もどかしかった。事態が良い方向へ行くのではなく、悪化していくのが怖かった。

国民が飢えて、苦しみながら亡くなっていく夢を何度見ただろう。夢が本当になるのではないかと怖かった。でも、リディがセラフィナイト国へ嫁げば、夢が本当になることはない。

それにこれは、何度考えても思い付くことが出来なかったセラフィナイト国、エンジェライト国、両方の国が幸せになれる方法だ。これ以上の良い方法はない。

リディは彼女を守るように抱きしめていた母の腕を解き、母とリディを守るように立っていた兄の前に背筋を伸ばし、一国の姫として前に出た。

「私、セラフィナイト国へ嫁ぎます」

その声は震えていたけれど、リディは少しも後悔していなかった。

◆◇◆

セラフィナイト国への出立《しゅったつ》は、三日後となった。

使者と共にセラフィナイト国へ向かい、着いた段階で支援物資がエンジェライト国へ向かう予定となっている。

急ではあったけれど、双方の国とも一日でも惜しいのだ。三日あっただけでもありがたいと思わなくては……。

自分の行動が国を救える手立てとなるのだから後悔はしていないけれど、不安がないわけではない。

なかなか寝付けないリディは、今日何度目になるかわからない寝返りを打った。

たった一人の人と生涯共にすると思っていたのに、まさか三人も夫が出来るなんて……。家族はリディが犠牲になることはないと言ってくれた。アロイスと結婚して、幸せになるべきだと――。

『ありがとう。でもそれは家族としての意見だわ。王族としての意見はこうするのが一番いいのでしょう？』

リディの問いかけに、家族全員がグッと言葉を詰まらせた。他の国の助けを期待して待っていてはいつになるかわからないし何を要求されるかもわからない。姫一人を差し出す方が、国としては犠牲が少ない。これは好条件だ。

大好きな家族や国を守れる方法があってよかった。

アロイス様には申し訳ないことをしてしまったけれど、アロイス様は素敵な人だもの。私の自慢の二人目のお兄様だもの。きっと私よりもうんと素敵な女性が現れるわ……。

セラフィナイト国へ嫁ぐことが決まり、リディは家族と一緒にアロイスに謝罪をした。彼は何か言いたそうにしていたもののグッと呑み込み、『わかりました』と一言だけ口にした。

これは誰にも言えないけれど、リディはアロイスと結婚しなくなったことにホッと安堵している自分がいるのに気付いてしまった。

だってアロイス様は、血が繋《つな》がっていなくても私にとってお兄様みたいなものだもの……。

家族なのに、特別なキスや深く身体を重ねるなんて、やっぱり無理だ。父や兄とそうしろと言われているのと同じように感じる。生理的に受け付けない。そんなことになっては、悪い意味で家族には見えなくなってしまう。

でもセラフィナイト国へ嫁げば、家族と思ったままでいられる。もう会えなくなってしまうかもしれないけれど、大切なものを壊さずに宝箱にしまっておける。

アロイスもリディと結婚しないことにホッとしているのではないだろうか。いつからか彼の視線が熱くなってきていたけれど、あれは結婚しなくてはいけないから無理に自分を女性と意識するようにしていたに違いない。

だって、本当に兄妹のように育ってきたのよ。それなのに私を妹ではなく女性として見るなんてありえないもの。

そう、ありえない。

——ありえないと思いたいだけ？

「……っ……ああ、だめっ……！　眠れないわ……」

リディは勢いよく身体を起こし、部屋を出た。

生まれ育ったこの城とも明日でお別れだ。少しでも記憶に焼き付けたいと、真夜中だけどちょっと廊下を歩いてみる。

幼い頃は怖い夢を見るとこうして部屋を抜け出し、泣きながら両親の部屋へ逃げ込んだものだ。

ろうそくの灯で照らされた薄暗い廊下が不気味で、曲がり角で怪物が出て来るんじゃないかと怯《おび》えたことを思い出し、苦笑いを浮かべる。

昔のことを思い出していたら、足がなんとなく両親の部屋の前まで動いていた。

『こんなのあんまりだわ』

『身体に障る。もう休みなさい』

『あの子のことを思ったら、とてもじゃないけど眠れないわ……』

部屋からは母のすすり泣く声とそれを窘《なだ》める父の声が聞こえてきて、ドキッとする。聞いてはいけないような気がして踵《きびす》を返すけれど、母のすすり泣く声に胸が締め付けられて、そこから動けなくなってしまう。

『エンジェライト国を侵略しようとした野蛮な人間の住むセラフィナイト国へ嫁がせるだけでも不安なのに、さ、三人の王子が相手だなんて、リディは野蛮な王子たちに、酷い辱めを受けるに違いないわ！　悪魔！　セラフィナイト国の人間は悪魔よ！』

『よさないか……！』

『相手は三人なのよ⁉　一人に嫁ぐのとはわけが違うじゃない……！　これでは王族が相手というだけで、娼婦《しょうふ》と同じだわっ！　どうして私たちの可愛いリディがこんな目に……』

『……っ……よさないか……！』

窘《たしな》める父の声も震えていた。

娼婦――。

リディは後ろめたい気持ちから逃げるように、自室まで走った。

扉を閉めると同時に涙が出てきそうになり、両手で頬を叩く。

部屋の中が暗いと、気持ちまで暗くなっていけない。バルコニーに出ると、綺麗な満月と星の光がリディを心の中まで照らしてくれた。

娼婦だろうとなんだろうと、国を守ることが出来る。大切な人が苦しまずに生きていられる。占いが本当かはわからないけれど、本当ならセラフィナイト国にはまた女児が生まれるようになる。

そうよ。いいこと尽くめじゃない！

心の中で繰り返し呟《つぶや》き、自分で自分を納得させる。三人の王子と身体を重ねることを考えたらまた暗くなってしまいそうなので、そこはあえて意識しないことにした。

大丈夫、そう、大丈夫よ……！

◆◇◆

セラフィナイト国へは馬車、船、また馬車を使って二週間かかった。

果てしない時間と距離に、もう簡単には故郷へ帰れないことを改めて自覚させられてしまい、肉体的にも精神的にも疲れる旅となった。

森を抜けてしばらく走ると、大きな街に出た。馬車の窓を覗くと、石造りの家や店が並び、たくさんの人々で賑《にぎ》わっているのが見えた。それはどこまでも続いていて、今日はお祭りなのかと思うほどだ。

エンジェライト国とは、全然違うのね……。

聞いてはいたけれど、リディの想像以上に発展している国のようだ。

男の人、男の人、小さな男の子、男の人、年配の男の人、男の人、男の人……あ、また男の人だわ。

人口の八割が男性というのは本当のようで、男性の姿ばかりが目立つ。ようやく女性の姿を見つけたと思えば、二人の男性にエスコートされているようだ。

入城するまでに数名の女性を見つけたけれど、いずれも複数の男性と一緒だった。リディは珍しくて、まじまじと眺めてしまう。

「一妻多夫制……」

一夫一婦制で、複数の人と関係を持つのは罪とされていたのが当たり前の国で育ったリディにとっては、不思議で仕方がない光景だ。

複数の男性を恋人に、夫に……それって、どんな気持ちになるのかしら……。

リディは罪の意識しかないけれど、この国の女性はそれが普通なのだろうか。リディもそう思える日が来るのだろうか。

複数の兵に守られた城門をくぐり、広大過ぎる庭園を抜けると、ようやく城が見えてきた。

白い石造りの壁に朱色の屋根、全てを視界に入れようとしても無理なほど……自国の城の何倍も大きい。

これからここで暮らしていくのね……。

リディは代々正妃が使用しているという部屋を与えられた。

アイボリー色の壁、床にはふわふわのパウダーピンク色の絨毯《じゅうたん》が敷き詰められている。

とても日当たりがよくて、窓辺に飾られた緑の鉢植えも生き生きとしている。さっき水を与えて貰ったばかりなのか、葉先に付いた水滴が太陽の光を反射してキラキラしていて綺麗だ。

緊張が解《ほぐ》れるようにとの配慮なのだろうか。優しい印象の部屋だ。

自国の部屋のベッドも大きいと思っていたけれど、新しい部屋のベッドは更に大きい。天蓋付きでカーテンが閉められるようになっていて、大人が何人寝てもまだまだ余裕があるほど広い。

「長旅お疲れ様でした。お飲み物をご用意いたしますので、少々お待ち下さい」

「ええ、ありがとう」

ソファに腰を下ろし、使用人が出て行った瞬間、大きなため息が出た。

とても疲れたわ……。

移動でももちろん疲れたのだけど、それ以上に精神的に疲れた。馬車から降りてからというもの、やたらと人の視線を感じるのだ。

気が昂《たかぶ》って、自意識過剰になっているのかしら。

いや、でも、やはりたくさんの視線を感じた気がする。

エンジェライト国ではリディの髪色と瞳の色はそこまで珍しくないが、セラフィナイト国では珍しいのかもしれない。同じ髪色や瞳の色をしている者は今のところ発見出来ていないから、きっとそうなのだろう。

も、もしかして、気味が悪いと思われているとか……⁉

リディはそう思わないけれど、馴染みのない見た目の者に恐怖を感じる人もいると聞いたことがある。

いや、見た目だけではない。呪いの件もあって、エンジェライト国の姫であるリディをセラフィナイト国の人々は悪く思っても、良くは思っていないはずだ。

見た目と相まって、呪いをかけた国の姫ということでやはり気味悪がられたのかもしれない。

いくら気味悪がられようとも、今日からリディはこの国で生きて行かなくてはならない。

守ってくれる両親や兄もいない中、ちゃんとやっていけるのだろうか――。

部屋にはリディ以外誰もいないのに、たくさんの悪意の視線に晒《さら》されているような気がしてぞくりとする。

「……っ！」

弱気になっていてはだめ……！

後ろ向きな気持ちをどこかへ飛ばすように勢いよく首を左右に振ると、イヤリングが揺れた。

ダイヤモンドを飾り枠にし、パールを主役とした清楚な印象のするイヤリングは、父が結婚する際に母へ贈ったもので、母の宝物だった。

イヤリングが、勇気をくれたみたいだ。

やっていけるか不安になっている場合じゃない。やっていかなくてはいけない。

「頑張らないと……」

気分を変えようと窓を開けて空気を入れ換えていると、部屋の扉をノックする音が聞こえた。

「失礼致します」

先ほどの使用人とは別の男性の声が、二人分聞こえた。

紅茶を運ぶだけなら一人で十分なはずなのに、どうして二人も来るのだろう。

疑問に思いながらも「どうぞ」と返事をしたら、紅茶とお菓子がのったカートと一緒に、二人の男性が入室してきた。

すごい……。

二人は息を呑むほど見目麗しい容姿をしていて、リディは無意識のうちに金色の瞳を見開いた。

「リディ姫、初めまして。私はレナルドと申します。長旅で大変お疲れでしょう。温かいハーブティーとお菓子をお持ち致しましたので、どうか少しでもお寛《くつろ》ぎ下さい」

「ありがとう」

紅茶やお菓子をテーブルに並べているレナルドという男性は、腰まであるサラサラの栗色の髪を一つにまとめていて、アメジストのように美しい瞳は垂れ目がちでとても艶っぽい。

使用人が着用しているシンプルな黒のスーツに身を包んでいるのに、とても豪奢な衣装を身に纏《まと》っているような雰囲気が漂っている。

「レモンバームのハーブティーです。レモンバームは気持ちを落ち着かせてくれる効果があるので、姫の緊張やお疲れが少しでも和らげば……と」

爽やかな香りが鼻腔《びこう》を通って、胸の中を満たしてくれる。

「とてもいい香りだわ。ありがとう」

「甘み付けはいかがいたしましょう。蜂蜜と砂糖がございます」

「じゃあ、蜂蜜をいただけるかしら」

「かしこまりました。ブライアン、蜂蜜を」

レナルドの後ろに付いていた男性は、ブライアンというらしい。レナルドから指示を受けるもののジッとリディを見たままで、ハニーポットに手を伸ばす様子はない。

短く整えられた赤い髪、エメラルドのような緑色の瞳はアーモンド形でくりっとしていて愛らしい。ほんの少しだけ幼さが残る顔立ちで、リディと同じ年頃……もしくは少しだけ上だろうか。彼もレナルドと同じスーツを着ているけれど、煌《きら》びやかな雰囲気が漂っているように感じる。

「ブライアン、蜂蜜を」

「あっ……ごめん！」

ブライアンはハッとした様子でハニーポットを掴み、リディに手渡した。

「姫に渡してどうするんだ。好みの量をお聞きして、入れて差し上げなさい」

「あ、そ、そっか、ごめん」

「『ごめん』じゃなくて、『申し訳ございません』だろう？　私たちは使用人なのだから」

言い聞かせるように強調したような気がしたのは、リディの思い過ごしだろうか。

「あ、そうだった。姫、申し訳ございません。蜂蜜はどれくらい入れましょうか？」

「いえ、自分で出来るから大丈夫よ。どうもありがとう」

ポットを開けてディッパーを取り出し、カップの中に少しだけトロリと垂らした後に、ブライアンへ返す。

「お返しするわね」

「あ、うん」

ブライアンはハニーポットを受け取ると、リディをまたジッと眺める。

やはり気味悪がられているのだろうか。でも、視線から悪意や蔑みといった後ろ向きのものは全く感じられない。では、髪や瞳の色が珍しいだけ？　目が合うと、さっと逸《そ》らされてしまう。

「姫、新人のブライアンが申し訳ございません。私の教育が至らぬせいで、ご不快な思いをさせてしまいました。後でしっかり叱っておきますので、どうかお許し下さい」

紅茶を届けるだけなのに二人で来たことや、使用人であることを妙に強調して言い聞かせていたのはブライアンが新人だからのようだ。

「いいえ、全く不快な思いなんてしていないから大丈夫よ。だからどうか叱らないであげて。私も今日からここへ来て、あなたと同じ新人みたいなものだわ。お互い新しい環境だけど、頑張りましょうね」

ティースプーンでカップの中を掻き混ぜながらにこっと笑いかけたら、ブライアンの頬が赤くなった。

「あ、いや、オレは……その……」

レナルドは何か言いたそうにするブライアンの頭を指先でコツリと軽く小突くと、リディの前に跪《ひざまず》く。

「ああ、姫、あなたはなんてお優しいんだろう。そのご慈悲をいただきたいばかりに、わざと失敗してしまおうかなどと、愚かな考えを抱いてしまいそうになります」

「え？　ええ？　あ、あの……」

レナルドはリディの手を取ると、手の甲にちゅっと口付けを落とす。

今まで挨拶として手の甲にキスをされるなんてことは何度もあったのに、なぜだか意味深な行為に感じてしまい、顔が熱くなる。

「レナルド兄さん、使用人なのにそのご挨拶は無礼じゃないかな？」

兄さん……ということは、二人は兄弟なのだろうか。

母国の兄を思い出し、切なくなってしまう。

「ああ、申し訳ございません。リディ姫の魅力に抗えず、つい……リディ姫、どうか私の無礼をお許し下さ……いえ、どうか罰を与えて下さい。あなたが与えて下さる罰ならば、どんな罰でも喜んで受けます」

謝罪するレナルドは、口付けを落としたリディの手を離すどころか両手で包み込む。

「えっ！　あ、あの、そんな、罰なんて……」

リディがどう返事をしていいかわからずに狼狽《ろうばい》していると、レナルドはそれを満足そうに見つめている。

「レナルド兄さん、リディ姫が困ってるよ。それにこのままじゃ紅茶が飲めないから」

「ああ、そうか。リディ姫、申し訳ございません」

ブライアンに指摘され、レナルドは名残惜しそうにしながらもリディの手をそっと離した。

「え、えっと、いただきます」

カップに口を付けると優しい味が広がって、ホッとため息が零《こぼ》れる。

ガチガチに強張《こわば》っていた心が、温かくて優しい味で綻《ほころ》んでいくみたいだ。自然と閉じて

いた瞼《まぶた》をそっと開くと、二人がじぃっとリディを眺めていた。

ま、また、見られているわ……。

珍しいのだろうか。それとも気味悪がられているのだろうか。

どちらにしてもこの国で生きて行かなくてはいけないことには変わりがないのだけど、こうもジッと見られると気になってしまう。

「あの、私って気味が悪い……かしら？」

どうしても気になって、恐る恐る尋ねてみる。

目を丸くしてキョトンとする二人を見て、リディは気を遣わないで正直に教えて欲しいとお願いを付け足した。欲しいのは気を遣った答えじゃなくて真実だ。

「どうしてそう思ったの？」

ブライアンが不思議そうに尋ねてくる。

「セラフィナイトに来てから、すごく視線を感じるというか。その……」

自意識過剰だと思われるのではないだろうかと恥ずかしくなって、声がだんだん小さくなってしまう。

「だから気味悪がられていると思ってしまった？」

頷《うなず》くと、レナルドがくすっと笑う。

「気味が悪いなんて、とんでもない」

「あ……じゃあ、髪や瞳の色がこの国では珍しいのかしら……」

「ええ、姫の月光を紡《つむ》いだような美しい髪や、私の心を全て見透かされてしまいそうなその神秘的な金色の瞳……姫が仰る通り、我が国では確かに珍しい色ですが、皆、そんな理由で見つめていたわけではございませんよ」

　レナルドはリディの髪を一房すくうと、ちゅっと口付けを落とす。さっきから妙に距離が近いような気がするけど、セラフィナイト国ではこれが普通なのだろうか。

「不快なお気持ちにさせてしまい申し訳ございません。私がセラフィナイト国の男全てに代わってお詫び申し上げます。しかし皆、姫がお考えになるような理由であなたを見つめていたわけではございません。私を含めて皆が姫を見つめていたのは、あなたのあまりの美しさに魅了されたからですよ」

「い、いえ、そんなわけ……」

「私は事実を申しただけで、社交辞令ではございませんよ。その証拠に別の人間にも聞きましょうか。ブライアン、どうなんだ？」

　レナルドに話を振られたブライアンは、頬を染めながらリディの目を真っ直ぐに見つめる。

「姫、じろじろ見るなんて失礼なことをしてごめん。レナルド兄さんの言う通り、気味が悪いから見ていたわけじゃなくて、その、えっと……綺麗、だから……」

　ブライアンの顔が見る見るうちに赤くなっていくのと同時に声が小さくなっていくので、最後の方が全く聞き取れない。

「ブライアン、声が小さい。照れずにちゃんと言わないか」

「し、仕方ないでしょ？　……だから、その、……っ……姫がすごく綺麗だから、目が離せなかったんだ……！　姫のことを見ていた他のみんなも、絶対そうだと思うよ」

「えっ！　そ、そんな……」

蔑まれるのを覚悟していたのに、まさか褒められるなんて思わなかった。リディは何を言っていいかわからなくなり頬を染めて俯《うつむ》いていると、レナルドが顔を覗きこんでくる。

「おや、頬が林檎《りんご》みたいに真っ赤ですね。照れてしまわれたのかな？　可愛らしい人だ。ああ、そうだ。お菓子はどれがお好みですか？　私が食べさせて差し上げましょう」

「へ!?　い、いえ、大丈夫です。自分で食べられます」

「ご遠慮なさらないで下さい。チョコレートはお好きですか？　さあ、その可愛らしい小さなお口を開いて」

レナルドはチョコレートを一つ手に取ると、リディの口元へ運ぶ。狼狽していているとブライアンがその手を摑み、レナルドの指からパクリとチョコレートを食べた。

「……私は男にチョコレートを食べさせる趣味はないんだけどね？」

「知ってるよ。そしてオレもそんな趣味ないし。ただ、姫が困ってると思って……うわ、甘っ……！」

「その困った顔がいいんじゃないか。甘いものが苦手なんて不幸な男だね」

二人のやり取りを見ていると微笑ましくて、口元が綻ぶ。

「ああ、姫、笑った顔も可愛らしい」

「え、何？　どうして笑ったの？」

レナルドはリディの顔をうっとりと見つめ、ブライアンは気恥ずかしそうに頬を染めている。

「ふふ、仲が良いから素敵だと思って。兄さんって呼んでいるということは、二人は兄弟なのかしら？」

「うん、上にもう一人兄さんがいるから、三人兄弟だよ」

「ふふ、賑やかで楽しそうだわ」

リディの兄は元気だろうか。

災害が起こってからというもの、政務に追われてろくに眠っていなかったし、リディがセラフィナイト国へ嫁ぐことでかなり心配させてしまった。

体調を崩していないといいけれど……。

「姫？」

無意識のうちに表情を曇らせていたらしい。レナルドが心配そうに覗きこんでくる。

「え？　あっ……なんでもないの。そういえば王や王子たちにはいつお会い出来るのかしら。まだお世話になるご挨拶をしていないのだけど」

「長旅でお疲れでしょうから、本日はゆっくりお休みいただき、明日お会いするご予定を整えております。皆、姫とご挨拶したくて楽しみにしておりますよ。特に第二王子が」

なぜかレナルドが、意味深に微笑んでくる。

「そ、そうなの？」

第二王子、とても気さくな方なのかしら？

「えっと、第三王子もすごく楽しみにしてると思うよ！」

「えっ！　そうなの？」

レナルドが「お前、案外抜け目ないね」とブライアンの頬をムニッと摑む。

どういうことだろう。もしかしたら二人とも、リディが緊張しないように気を遣ってくれているのかもしれない。

「……二人とも、ありがとう。すごく緊張していたから、気持ちが楽になったわ」

「ああ、そう取られてしまうわけだ。まあ、仕方がないか」

首を傾げると、にっこりと微笑まれた。言葉の意味はよくわからなかったけれど、これ以上聞いてはいけないような気がして口を噤《つぐ》む。

レナルドとブライアン……そういえば二人とも、三王子の名前と同じだ。この国ではよくある名前なのだろうか。

「姫、もしよろしければ庭に出てみませんか？　今朝、昨日までは蕾だった薔薇《ばら》が、姫のご到着を喜ぶように美しく咲いたんですよ。ご覧になられませんか？」

「あ、オレも見たよ。すごく綺麗だった」

「まあ！　ぜひ見たいわ──

二人に案内されて庭へ出ると、甘い花の香りに鼻をくすぐられた。天気がよくて、ポカポカ暖かい。

ブライアンがリディに向けて日傘を差し、整地されていて全く足元が悪くないのに、レナルドが危ないからと手を引いてくれる。

「レナルド兄さんこそ抜け目ないよね」

「お前の兄だからね。ああ、姫の手はなんて可愛らしいんだろう。手袋越しではなくて、直接その温《ぬく》もりを感じたい」

レナルドに引かれていた手をぎゅっと握られ狼狽していると、ブライアンが眉を顰《ひそ》める。

「駄目だよ。オレたちは使・用・人だからね。使用人はそんな無礼は働かないよ」

精一杯怖い顔をしたつもりなのだろうけれど、元々愛らしい顔立ちをしているので全く怖く感じない。

「目いっぱい強調しなくてもわかっているよ。まあ、行動を伴うとは約束出来ないけれどね」

「レナルド兄さん！」

口喧嘩する二人を微笑ましく感じるのと同時に、故郷の兄のことを思い出して胸が切なくなる。

「姫、薔薇はこの先に……おっと、これはまずいね」

「どうしたの？」

レナルドが示した先には、一人の男性の後ろ姿があった。短く切りそろえられた金色の髪が、太陽の光に反射して眩《まばゆ》い。

「あ、本当だ」

服装で特別な人だとすぐにわかった。もしかしたら、この男性が王子の一人なのかもしれない。

「こんなところを見られたら完全に怒られるね。帰ろうか」

怒られる？　目の前にいる彼にだろうか。

「えっ！　そうなの？　早く戻らないと……」

「怒られるのは全く構わないが、姫との出会いに傷が入るみたいで嫌だし、そうしようか。はあ……この手を離すのが惜しい」

「レナルド兄さん、そんなこと言ってる場合じゃないよ」

レナルドはリディの指先にちゅっと口付けを落とし、名残惜しそうに引いていた手を離す。頬を真っ赤にしていると、ブライアンが唇の感触がまだ残っているその手に日傘を握らせた。

「姫は大丈夫だから心配しないで。最後まで案内してあげられなくてごめんね」

「薔薇はあの男性のすぐ傍《そば》にあります。事情があって我々はご一緒出来ませんが、また必ずお会いしましょう」

「え？　あ、あの……」

「大丈夫だよ。帰りはフレデリク兄……じゃなかった。あの人が送ってくれるはずだから」

「え、えええ？」

二人はにっこり微笑み、手を振って笑顔で城へ帰って行った。

ほ、本当にいいのかしら……。

進めずにその場で固まっていると、耳元で虫の羽音が聞こえて小さく悲鳴を上げてしまう。

「きゃっ……！」

花の香りに誘われた蜜蜂だった。

刺さないとわかっていても恐ろしい。蜜蜂が去るのを待っていられずに走り出すと、足がもつれて転んでしまう。

「大丈夫ですか⁉」

悲鳴でリディの存在に気付いたらしい。金髪の男性が慌ててこちらに走ってきた。

ああ、なんて無様なところを見せてしまったのだろう。

慌てて立ち上がろうとしたら、男性が支え起こしてくれる。

「だ、大丈夫です。ありがとうございます。蜜蜂に驚いてしまって、それで……」

「ああ、そうだったのですね。お怪我はありませんか？」

「ええ、大丈夫です。ありがとうございます」

顔を上げると、海のように青い瞳と目が合った。切れ長の瞳に高い鼻梁《びりょう》、薄くて形のいい唇が完璧な配置にある。リディを支え起こしてくれた手はとても逞《たくま》しくて、触れられた場所が熱を持ったみたいに熱い。

「もしかして、リディ・ビーレルと申します。あの、あなたは……」

「はい、リディ・ビーレルと申します。あの、あなたは……」

青年は柔らかい微笑みを浮かべると落ちていた日傘を拾い、リディに日が当たらないようにそっと差してくれる。

「ご挨拶が遅れて申し訳ございません。私はセラフィナイト国第一王子のフレデリク・シャミナードと申します。お会い出来て光栄です。どうか末永くよろしくお願い致します」

リディが予想していたように、やはり王子の一人だった。

末永く――その言葉が、この人へ嫁ぐのだという自覚を改めて刺激した。

「こちらこそ、よろしくお願い致します」

「姫は、どうしてここへ?」

使用人の二人は「こんなところを見られたら怒られる」と言っていた。二人に教えて貰って庭へ出た……と言えば、彼らが叱られてしまうかもしれない。

「その、外の空気を吸いたくなってしまって、色々歩いているうちにここへ辿り着きました。勝手に出歩いて申し訳ございません」

「謝る必要などございませんよ。責めているわけではなくて、ただ純粋に疑問に思ってお尋ねしたかっただけなのです。それにここはもう姫の自宅なのですから、どこへ行くにも

許可など必要ございませんよ」

　フレデリクは春の陽だまりのように、柔らかくて優しい微笑みを浮かべる。

「よろしければ、私に庭を案内させて下さい。今日咲いたばかりの見事な薔薇をぜひご覧になりませんか?」

　きっと、二人が言っていた薔薇だわ。

「ええ、ぜひ拝見したいです」

　拾ってくれたお礼を言って日傘を受け取ろうと手を出したら、彼はにっこり微笑んでその手に可愛らしい包み紙のキャンディをのせてくれた。

「え?　えっと、ありがとうございます。あの、日傘を……」

「女性にこんな重いものを持たせるわけにはいきません」

　レースの日傘は骨組みの部分に少し重さがあるけれど、重いと感じるほどではない。

「お気遣いありがとうございます。でも、大丈夫ですよ」

　手を出すと、手の平にまたキャンディをのせられた。どうやら日傘を持たせてくれる気はないらしい。

　ブライアンも自分で持てると言ったのに持ってくれた。レナルドは全く躓《つまず》く心配がない場所で手を引いてくれた。

　母がセラフィナイト国の人たちは野蛮で悪魔だと言っていたから正直少し怯えていたけれど、そんなことはない。

セラフィナイト国の皆様は、お優しい方ばかりだわ……。

「ありがとうございます。あの、いただいてよろしいんですか？」

「ええ、お嫌いでなければどうぞ。城に咲いた薔薇を使ったキャンディです」

早速口に入れると、薔薇の香りが口の中にふわりと広がった。

「んん、美味しいです」

「それはよかった。キャンディが好きなので、よく持ち歩いているんです。召し上がりたくなったらいつでもお声掛け下さい」

彼はポケットの中を広げて見せてくれる。覗くとたくさんのキャンディが入っていた。

可愛らしくて思わず口元を綻ばせると、彼も微笑んでくれた。

微笑むフレデリクはとても美しくて、まるで自国の城にあった大天使の絵画のようだ。

「さあ、こちらですよ」

彼が案内してくれた先には見事な薔薇が咲いていて、その中に一際大きなピンク色の薔薇が咲いていた。

「すごいわ……」

自国にも立派な薔薇園があったけれど、こんなに大きくて見事な薔薇を見たのは初めてだ。

「気に入っていただけたのなら、摘んで姫のお部屋に飾らせましょうか」

「いえ、お気遣いありがとうございます。でも、こんなに頑張って咲いているし、摘んでしまうのは可哀想だわ。それに周りにはたくさん仲間が咲いているし、この子だけ私の部屋に来るより、仲間と一緒にいる方が嬉しいはずだもの」

「姫はお優しいんですね」

「いえ、そんな……」

自分で口にした言葉だけど、自分が家族から離れてこの国で一人ぼっちだと思い出して少し寂しく感じてしまう。

風が吹くと、花びらと一緒に香りが舞い上がる。フレデリクはリディの髪にくっ付いた花びらを取って、柔らかく微笑んだ。

「お辛いですか？」

「……っ」

気付かれてしまった。

表情に出ていたのだろうか。気持ちを見抜かれたリディは、一瞬言葉を詰まらせる。

「申し訳ございません。失言でした。突然一生暮らすと思っていた故郷から離れることになり、他国へ嫁ぐなど、お辛くないわけがないのに……」

「いえ、そんな……」

リディは首を左右に振って否定したものの、途中で止めた。夫となる人に、自分の気持ちを偽っていいのだろうか。

もし、自分なら……？

辛い気持ちを隠して、無理に笑って欲しいだろうか。

　ううん、嫌だわ。

「……嘘を吐《つ》いてごめんなさい。本当はすごく寂しいです。でも、嬉しいのも本当です」

「嬉しい？」

　切れ長の青い瞳が丸くなる。

「はい、災害が起きてから、毎日どうなるのか不安で……私は王族で、国民を守らなくてはならないのにどうすればいいかわからなくて、自分の無力さがもどかしかったんです。でも、私に出来ることがありました。それが心から嬉しい……」

　風で落ちた髪を耳にかけると、母から貰ったイヤリングが揺れた。

「セラフィナイト国のおかげです。ありがとうございます。色々と至らぬ点はあると思いますが、どうかよろしくお願いします」

　感謝の気持ちを込めて、両手でドレスの裾を抓《つま》み、片足を曲げて頭を下げる。しばらくして頭を上げると、フレデリクは再び柔らかく微笑んでいた。

「あなたのような方が嫁いできて下さって嬉しいです」

　頬を染めているとフレデリクが跪き、リディの手を取りちゅっと口付けを落とす。

「お礼を言わなくてはならないのはこちらの方です。リディ姫、ありがとうございます」

「……っ」

　また、頬が熱くなる。

今まで手の甲に挨拶されて照れたことなんてなかったのに、レナルドにキスされた時と同じくらい照れてしまう。

「わ、私、そろそろお部屋に戻りますね」

頬を染めたリディがあからさまに手を引っ込めると、フレデリクがクスッと笑う。

「そうですね。風が少し冷たくなってきましたし、また改めてご案内させて下さい」

ブライアンが言っていた通り、フレデリクは部屋まで送ってくれた。

◆◇◆

翌日の午後、リディは王と三人の王子と謁見するための用意を整えていた。

「リディ様、とてもお綺麗ですわ」

「ありがとう。エマがお化粧してくれてるおかげだわ」

エマは愛らしい頬を染めて、嬉しそうに口元を綻ばせる。

男性が八割の国だし、もしや入浴や着替えも男性使用人が付くのではないだろうかと心配だったけれど、そういった時には少ない女性の使用人であるエマが付いてくれたので安堵した。

彼女はリディと同じ歳でもう結婚していて、来年夫の弟とも結婚するそうだ。彼女の先輩にあたる女性使用人は四人と結婚していて、後輩は半年後に三人と結婚するらしい。

失礼なことを聞くとわかっていても、複数の男性と結婚することに抵抗はないのか知りたくてつい尋ねてしまうと、小さい頃から両親がそうだったので全く抵抗はない……というより、むしろ一夫一婦制の方が変な感じがするそうだ。

リディも昔からセラフィナイト国に暮らしていたら、そう感じるようになっていたのだろうか。

鏡に映る自分を眺めながら、そんなことをぼんやりと考える。

レースやフリルを贅沢《ぜいたく》に使ったドレスは国王から、銀色の髪を彩っている薔薇の髪飾りは第一王子のフレデリクから、首を飾るパールのネックレスは第二王子のレナルドから、耳で可憐《かれん》に揺れるルビーのイヤリングは第三王子のブライアンから贈られたものだ。

母から貰ったイヤリングは小袋に入れて、アミュレットとして胸の谷間に忍ばせた。

用意が全て整え終わる頃、男性使用人が迎えに来て謁見の間まで向かった。

階段を下りて、長い廊下を歩く。進むたびに緊張で心臓の音が大きくなって、背中に変な汗が滲《にじ》む。

長い廊下の突き当たりに、二人の兵に守られた重厚な扉が見えた。扉やドアハンドルには精緻な飾りが施され、扉の周りには女神の彫刻像が置いてある。

「リディ姫をお連れ致しました」

二人がかりで開いた扉の先には赤い絨毯が長く敷かれ、玉座が見えた。玉座には先端にたくさんの宝石が付いた杖を持った豪奢な衣装に身を包んだ初老の男性が座っていて、両側に三人の男性が立っている。

一人は昨日会ったフレデリク、そして後の二人は昨日リディの部屋に使用人として紅茶を運んできた二人だった。

「えっ！」

目を丸くして思わず声を漏らすとレナルドが意味深に微笑み、ブライアンは気まずそうに指先で頬をぽりぽりかいている。

偶然名前が同じなのかと思いきや、本当に王子たちだったとは驚いた。

使用人の格好をしていても、二人からは独特の煌びやかな雰囲気が出ていた。それは二人が王子だったからなのだろう。

「ん？　どうかしたのか？」

セラフィナイト国王に尋ねられ、リディは慌てて首を左右に振った。

昨日二人は「こんなところを見られたら怒られる」と言っていたし、黙っておこう。

「いえ、なんでもないです。初めまして、リディ・ビーレルと申します。エンジェライト国にご支援いただくとのこと心より感謝しております」

ドレスの裾を抓み、片足を曲げて頭を下げると王は満足そうに頷く。

「エンジェライト国に向かわせた使者から、リディ姫はとても美しいと聞いていたが、想像以上に美しい」

「い、いえ、そんな……皆様からいただいた贈り物とエマがしてくれたお化粧のおかげで

す。ご支援いただく上にこんな素敵な贈り物まで……本当にありがとうございます」

「謙遜せずとも良い。本当に美しい。私が十歳若ければ、妻に迎えたかったぐらいだ」

セラフィナイト国王、なんとなく恐ろしい印象があったけれど、とても柔らかな物腰で優しそうな男性だ。

きっと冗談を言って、リディの緊張を解そうとしてくれているのだろう。

「いくら父上でも、リディ姫だけは譲れませんよ」

レナルドがその冗談に乗るものだから、王が立派な髭《ひげ》を生やした口元を綻ばせる。リディも緊張が緩んで、無意識のうちに微笑んでいた。

「では、リディ姫の夫となる私の三人の王子を紹介しよう。フレデリク」

王に名前を呼ばれ、フレデリクが前に出る。

「第一王子のフレデリク・シャミナードと申します。姫、昨日は楽しい時間をありがとうございます」

「フレデリクは私と正妃の息子で、歳は二十だ。真面目な男だが、真面目過ぎるところが玉に瑕だな。上手い気の抜きかたの知らない男で、自分が疲れていることすら持ち前の真面目さでなんとかしようとするが、姫の包容力でなんとか癒してやってくれ」

「ち、父上」

頬を染めたフレデリクが抗議の視線を向けるものの、王は全く気にしていない様子だ。

「次はレナルド」

フレデリクに続いて、レナルドが前に出る。

「リディ姫、初めまして、第二王子のレナルド・シャミナードと申します。あなたみたいな天使のように美しい姫を妻に迎えられるなんて光栄の極みです」

「え……」

「でも、昨日お会いしましたよね？」と言おうとしたら、レナルドがぱちっとウインクしてくる。

きっと秘密にして欲しいとのことなのだろう。

「ああ、お贈りしたネックレス、とても良く似合っておりますよ。ああ、姫の白い肌に触れられるそのネックレスが羨ましい」

「あ、あの……」

冗談だとわかっていても、頬が赤くなる。

「レナルド、軽口を叩くのは止めないか。姫に失礼だ」

「心外だなぁ～……軽口じゃなくて、本当のことだよ。兄さんもそう思ってるくせに」

フレデリクがレナルドを窘めるものの、レナルドは全く応えていない様子だ。

「レ・ナ・ル・ド」

ああ、喧嘩になってしまう。

「あの、喧嘩は……」

けれど慌てているのはリディだけで、王とブライアンは全く気にしていない様子だった。

「姫、喧嘩じゃないから大丈夫だよ。二人はいつもこんな調子だから」

狼狽するリディに、ブライアンがそっと教えてくれる。

「レナルドは私と側室の間に生まれた息子で、歳は十八だ。今のやりとりでお調子者に見えるかもしれないが根は真面目で愛情深い男だ。しかし愛を注ぐばかりは空しいものだ。どうか姫からもたっぷりの愛情を注いでやって欲しい」

フレデリクと違ってレナルドは全く照れる様子を見せず、「姫、よろしくね」とウインクを飛ばす。

「では、最後にブライアン」

兄たちに続いて、ブライアンも前に出る。

「第三王子のブライアン・シャミナードです。お会い出来て光栄です。これから、その、どうかよろしくお願いします」

「初めまして、ブライアン王子」

レナルドが昨日のことは内緒にして欲しそうにしていたけれど、ブライアンはどうだろう？　わからないし、このまま何も言わないことにした。

目が合うと、さっと逸らされてしまう。昨日も思ったけれど、彼は照れ屋なのかもしれない。

「ブライアンは私と正妃の間に生まれた末の子で姫と同じ十六歳だ。末の子ということで、我《わ》が儘《まま》になるかもしれないと思いながらもつい甘やかしてしまったが、全くそんなこともなく謙虚な息子だ。……」

「あの、父上、兄さんたちの時みたいに変なことは言わないで下さい」

変なこととはなんだと軽く怒られるブライアンを見て、フレデリクとレナルドが微笑ましいといった様子で口元を綻ばせる。

「私は変なことなど言っていないぞ」

王は眉を顰め、気を取り直すように咳払いをする。

「ブライアンは人懐っこいが、三王子の中では一番女性に奥手だ。普通に話していても、ちょっとした時に目を逸らすなどと感じの悪い態度を取ってしまうことがあるが、照れているだけだ。どうか誤解して嫌わず、愛してやってくれ」

「いや、変なこと言ってる！　言ってるよ！」

ブライアンの顔は見る見るうちに赤くなり、王はそれを見てニヤリと笑う。抗議するブライアンは、フレデリクとレナルドも笑っていることに全く気付いていない。

少し会話をしているのを見るだけでもわかる。きっと、とても仲のいい家族だ。

微笑ましく思うのと同時に、母国の家族を思い出して切なくなる。

王や三王子は近くにいるのに、とても遠くの光景を見ているみたいな気分になって、声までもがだんだん遠くなっていくみたいだ。

無意識のうちに、ドレスの上から胸の谷間に忍ばせた母のイヤリングに触れる。

「姫？」

　レナルドに声をかけられ、リディはハッと我に返る。

「あ、ご、ごめんなさい」

「姫、気分が優れませんか？」

「何か冷たい飲み物でも用意させようか。長旅の疲れが残ってるのかもしれないね」

　続いてフレデリクが声をかけてくれて、ブライアンが使用人に飲み物を頼もうとしてくれた。

「い、いいえ、大丈夫です」

　こんな時に何をぼんやりしているのかしら。もっとしっかりしないと……。

「姫、エンジェライト国が恋しいか？」

　王が目を細め、尋ねてくる。

「……っ」

　恋しくなんかない。

　立場上そう答えるべきなのに、リディは思わず声を詰まらせた。

「母国で一生幸せに過ごすはずだったのに、憎むべき国に嫁がせることとなり、姫には申し訳のないことをしてしまったな」

「いいえっ！　いいえ、そんな……っ」

　憎んでるはずがない。

　リディはいつの間にか身を守るように縮こめていた背中を真っ直ぐにして、四人に向き合った。

「確かに母国は恋しいです。家族と離れて、生まれてからずっと住んでいた場所から離れることになって寂しいです。でも、セラフィナイト国を憎んだことはベティーナ神……いえ、神に誓って一度もございません。エンジェライト国を助けてくれたからではなく、そのような感情を抱いたことは、幼い頃からただの一度もございません」

四人の視線が、リディに集中する。

けれど決して嘘偽りを一切口にしていないリディは怯《ひる》まずに主張を続けた。

「私は幼い頃に呪いの話を聞いてからというもの、それがずっと気になっていました。なぜもう侵略しようとした方はいないのに、他の方が呪いの被害を受けなくてはならないのかと……そして大人になり、自国が貴国を見せしめにしているのだと理解してからは、恥ずかしかったです。何とか出来ないものなのかと考えながらも、何も出来ない無力な自分がもどかしかった……」

そして己の無力さを災害により更に思い知った。

リディはお腹の前で手を組み、当時の気持ちを思い出してぎゅっと力を込める。

「それなのに貴国は、手を差し伸べて下さった。私が貴国を恨む理由など何一つございません。貴国が助けて下さらなかったら、今頃私は母国を恋しいと考えるどころではございませんでした。感謝の気持ちでいっぱいです」

セラフィナイト国が助けてくれなかったら今頃どうなっていただろう――想像しただけ

でもぞっとする。

リディは一人一人の顔を真っ直ぐに見つめ、にっこりと微笑んだ。

「貴国の呪いを解くのは私の願いでもありました。私では力不足ではないかと不安もありますが、精一杯努めさせていただきます。皆様、どうかよろしくお願い致します」

王はリディの微笑みに答えるように、立派な口髭を生やした口元を綻ばせる。

「ありがとう」

短い言葉だったけれど、その中にたくさんの慈しみが含まれているのを感じた。

第二章　四人一緒の初夜

精一杯努めさせていただきます。

その言葉は本心からで、嘘偽りはなかった。しかし夜、部屋のバスルームで入浴を済ませたリディは、エマに聞かされた本日の夜からの予定を聞いて卒倒しそうになる。

リディが一番心配だった件、それは夜のことだ。

アロイスと婚約していた時も、誰もが乗り越えていることとはいえ、自身に男性を受け入れるという行為が恐ろしかった。一人でも不安だったのに、三人の王子が夫になると聞いて倍不安になった。

三人が日替わりでリディを抱くのだろう。一夫一妻が当たり前の国で育ったリディは不貞を働いているような気がするし、日替わりで気持ちの切り替えが出来るのだろうかと不安も胸に抱えていた。

結婚式は半年後に各国の王族を招き、国全体を挙げて盛大に行われるらしい。

ということは、彼らと身体で結ばれるまで、半年の猶予があるだろうと少し安堵していたのだけれど……。

「エマ、い、今なんて？」

「本日からリディ様のお部屋にて、ご夫婦全員で就寝していただきます、と申しました」

エマはにっこりと可愛らしい笑みを浮かべ、リディの着替えを手伝う手を止めずに、もう一度答えた。

「ぜ、全員って四人で？」

「はいっ！」

部屋のベッドがやけに大きいと思っていたけれど、四人で使うためだったようだ。

三王子は政務に忙しくて昼はあまり時間を取ることが出来ないと言っていたし、結婚式まで就寝前に会話を交わして仲を深めるためだろうか。

……というか、そうであって欲しい。

「就寝って、その……健全な意味で？」

願いを込めて尋ねたものの、「いえ、初夜という意味でございます」と答えられ、リディは目の前が真っ白になった。

「なっ……ど、どういうこと⁉」

「セラフィナイト国で一妻多夫制で結婚している女性は、夫の相手を同時に行うのが一般的なんです」

日にちをまたいで愛し合うと、子が出来た時にどちらの子かわかってしまう。同時に行えば、誰の子を孕《はら》んだかわからなくなり、どちらの子であろうと自分の子同様に可愛がって育てるだろうという理由らしい。

「ま、待って、結婚前なのに、そんな……こういうことは、その、結婚式を挙げた後でしょう?」

「はい、通常ならそうなのですが、王からのご命令です。男女が仲を深めるためには、身体を重ね合わせるのが一番だからとのことです」

「そ、そんな……」

王の前で宣言した言葉は、偽りではない。でも、心の準備をする時間が欲しかった。一人ならまだしも、同時に三人に愛される……となると、なおのことだ。というか同時に三人なんて、いつまでも心の準備が出来るはずもない。

「リディ様は、その、乙女でございますか?」

「え……!? わっ……私は未婚だもの。当たり前だわ」

「大変失礼致しました……! リディ様はご婚約者がいたと伺っておりますし、人によっては結婚前にもう純潔を失くしている方もいらっしゃいますのでお尋ね致しました」

そうなの!?

母は婚前交渉どころか、結婚前に口付けをすることだって淫らな女性がすることだと言っていた。

三人の王子から、同時に愛される……。

三人の前で裸を見せるの？

いや、裸を見せるどころじゃない。肌に触れられ、そして——。

高熱を出したように顔がカァッと熱くなり、不安でまた真っ青になる。

「初めてから三人のお相手は大変かと存じますが、初めてで男性を受け入れる際、秘部の痛みを軽くする塗り薬もございますので、ご安心下さい。後は慣れですわ」

頭がくらくらして、付いていけない。

人間には適応力というものが備わっていて、初めは戸惑っていても徐々に慣れてくるものらしい。でもこればかりは慣れることが出来ない気がする。

エマが着せてくれた白いナイトドレスは、フリルがふんだんに使われていて、大きく開いた胸元にはリボンがあしらわれている。

ナイトドレスとはいえ、胸元をこんなにも出した服を身に着けるのは初めてだ。これから脱ぐのだから胸元を気にしている場合じゃないとわかっていても、肌と胸の谷間がちらちら視界に入るのが落ち着かなくて、胸元をぐいぐい引っ張ってみたものの、少し経てば元に戻ってしまって意味がない。

しかもリボンを解けば胸元が更に大きく開き、すとんと脱げるという仕様だ。下には何も身に着けていない。ガウンを羽織って肌が見えなくなっても、コルセットや下着を身に着けていないことを意識してしまうのと、どうせすぐに脱ぐのだと思うと、やはり落ち着かない。

　バスルームを出て部屋のドレッサーに座ると、エマが乾かしたての髪をブラシで梳《す》いてくれる。

「リディ様のお髪は、本当にお綺麗で羨ましいですわ」

「ありがとう。癖っ毛だから、雨の日は湿気で大変なことになるの」

　会話をしながら、緊張で嫌な音を立てて脈打つ心臓をガウンの上から押さえていると、扉をノックする音が聞こえてドキッとする。

　三王子が来たのかと思って身構えるものの、入ってきたのは女性使用人だった。入浴後でガウンを羽織っているといえどもナイトドレス姿ということもあり、同性だったことにホッとする。

「リディ様、王のご命令でワインをお持ち致しました。我が国名産のワインになります。リディ様の生まれ年のものをお持ち致しました」

　セラフィナイト国は葡萄《ぶどう》の生産で有名だ。品種改良を重ねて出来た葡萄で造られたワインは極上の味で、年代が古くなるほどに貴重で、高価な宝石が買えるくらいの値段がするそうだ。

「まあ！　嬉しいわ。お気遣いありがとうございますとお伝えして貰えるかしら」

「かしこまりました」

　王からの気持ちはとても嬉しい。でも、お酒はそこまで強くないし、どちらかといえば苦手な方だ。特にワインは独特の酸味が苦手だ。

けれど王からの厚意を無駄にするわけにはいかない。口を付けるとそこまで酸味がなく、とても飲みやすくて初めて美味しいと感じた。

「こんなに美味しいワインを飲んだのは初めてだわ」

鏡越しに、エマがにこっと微笑む。

「リディ様のお口に合って、王もさぞかしお喜びでしょう。あら、もう頬が赤くなっていらっしゃるわ。リディ様、お酒はあまりお強くないですか？」

「ええ、実は……でも、気分は悪くなっていないから大丈夫よ」

むしろ気分が良くなった気がする。頭の中が少しふわふわして、全く緊張がなくなった……とは言えないものの、さっきよりは緊張感が解れていた。

鏡に映るリディの頬はほんのり赤くなって、金色の瞳は少しだけ潤んでとろりとしている。

「はい、終わりました。残りのワインはベッドでお楽しみ下さい」

「え、ええ……」

ああ、とうとうこの時が来たんだわ……。

リディがベッドに膝を折って座ると、エマがベッド横のチェストの上に小瓶を置いた。

小瓶の中身はとろりとした白い液体が入っている。

「これは？」

「先ほど申し上げた破瓜《はか》の痛みを和らげるためのお薬です。ご使用方法は王子の皆様がご存じですので、お任せ下さいね。では、三王子が来るまでしばらくお待ち下さい」

リディが呆然としている間に、エマは天蓋のカーテンを閉めて部屋から退出した。

うう、このまま眠ってしまえたらどんなにいいかしら……。

リディはこっそり隠し持っていた母から貰ったイヤリングをチェストの上に置いてため息を吐く。

もっと酔えば、度胸が付くかしら……。


リディはワインを一気に飲み干し、小瓶の隣にグラスを置く。するとガウンの袖が視界に入る。

三王子に手間をかけないように、脱いでおくべきだろうか。でも初めからこんな胸元の開いたナイトドレスでいるなんてはしたないと思われるだろうか。

悩んでいると部屋の扉をノックする音が聞こえて、リディは肩をびくっと震わせる。

三人分の足音が近付いてきた。

「姫、失礼致します」

フレデリクの声が聞こえ、リディはどきどき激しく脈打つ心臓をガウンの上から押さえながら「どうぞ」と返事をする。自分でも驚くぐらい小さな声だった。

ちゃんと聞こえたか不安になって、もう一度返事をするべきかと考えていたら、大きな手がカーテンを割って、王子たちが入ってきた。

　三人ともシャツとトラウザーズといったシンプルな服装だし、アクセサリーは一つも付けていないのにとても煌びやかに見える。

　三王子の視線が、ガチガチに固まるリディ一身に注がれる。

「姫、こんばんは」

「こんばんは、俺の麗しの姫君。ああ、姫とゆっくりお会い出来る夜が待ち遠しくて、今日は落ち着きませんでした」

「こ、こんばんは、姫」

　三王子に挨拶され、リディも「こんばんは」と挨拶したものの、緊張で喉が震えてまた小さな声しか出なかった。

　フレデリクとレナルドは全く動揺している様子はないけれど、王が照れ屋だと言っていた第三王子のブライアンの声は、リディと同じく動揺が含まれていた。しかし自分のことで精一杯のリディは、そのことに全く気付いていない。

　三王子がベッドに入って、リディを囲むように座る。

　四人がベッドの上にいるのに、まだ余裕があるくらい広い。少しだけベッドが軋《きし》む音といつもなら気にならないはずのわずかな衣擦《きぬず》れさえも意識して、リディは三王子の顔を見ることが出来ない。自然と俯いてしまう。

　ど、どうしよう……。

ワインの力で少し和らいだ緊張が一気に戻ってきてしまい、心臓が苦しいほど脈打って、ワインを飲んだばかりだというのに口がカラカラに渇く。

「あ、の……皆様、ご政務お疲れ様でした」

「ありがとうございます。姫もお疲れ様です」

「いえ、私は何もしていませんから」

フレデリクが気遣ってくれるけれど謙遜ではない。今日は謁見を終えた後は部屋でゆったりと過ごしただけだ。

「姫、見知らぬ異国の地へ来て、まだ一日しか経っていないのです。普通に過ごしているだけでもお疲れでしょう。ああ、姫のお疲れやご心労、全て俺が代わって差し上げられたらいいのに……」

レナルドは俯いたままのリディの髪をすくいあげると、ちゅっと口付けを落とす。

「……っ……い、いえ、そんな……」

髪に神経なんてないはずなのに、一本一本に細かい神経が通っているように感じて、肌に口付けされたような気分になってしまう。

このまま俯いていては駄目だと意を決して顔を上げると、ブライアンと目が合った。彼は「あっ」と声を漏らし、頬を染めてさっと目を逸らす。

王が教えてくれた前情報がなければ、嫌われているのだろうと思うところだ。王もそう思い、教えてくれたに違いない。

「着飾った煌びやかなお姿も麗しかったですが、無防備なお姿も可愛らしい」

レナルドは瞳を細め、形の整った唇を綻ばせてリディの姿をうっとりとした様子で見つめる。

「い、いえ、そんな……」

ただでさえ熱かった顔がなおのこと熱くなり、無意識のうちにガウンの合わせ目を両手でぎゅっと掴んでしまう。

どうしよう、怖い……。

王に精一杯努めると約束した。それと同時にあの時自分自身とも約束したつもりだった。それなのに怖気づいてしまう自分が情けない。

身体が震えてしまう。

震えるのはどう頑張っても止められそうにない。

ガウンから手を離したものの、胸の辺りから手が下ろせずにぎゅっと拳を作る。

悲鳴を上げないよう下唇を噛んでいると、ブライアンがはっとした様子で身を乗り出し、リディの膝に手を置いた。

「……っ……！」

リディがまたびくっと身体を震わせると、ブライアンは弾かれたように膝から手を離す。

「あ、ご、ごめん。いきなり触って、嫌だったかな？」

「ご、ごめんなさい！　私……っ……だ、大丈夫です。覚悟は出来ています」

なんて失礼な態度を取ってしまったのだろう。しかも「覚悟は出来ています」だなんて失言だった。夫婦が愛し合うというのに、まるで無理強いをされているかのように聞こえて不快に思うに違いない。

すぐに訂正しなくてはと思うものの、頭が真っ白で何も出てこない。

「ち、違うんだ。そういうことをしようとか、そういうんじゃなくて、そんなに唇を噛んだら切れて血が出てしまうって言いたかっただけなんだ」

「え？　あっ……！」

するとレナルドとフレデリクが胸の前で拳を作っていたリディの両手をそれぞれ握り、リディはまたびくっと身体を震わせてしまう。

これからガウンの紐を解かれて、ナイトドレスを脱がされて、それから……。

想像すると恥ずかしさ以上に恐ろしくて、涙が出そうになる。

すると二人は緊張のあまりぎゅっと握っていたリディの拳を開いて、ガウンの紐を解くのではなく手の平に付いた爪の食い込んだ痕を優しく指先で撫でてくれた。

「姫、大丈夫です。俺たちは無理強いをするために来たわけではありませんよ。どうかそんなに怯えないで。俺はあなたの怯える顔よりも、愛らしい笑顔が見たい」

レナルドはリディの指先に、ちゅっと慈愛に満ちた口付けを落とす。

「え、でも、王が……」

「結婚するのは父と姫じゃありません。私たちと姫です。夫婦のことなのですから、父の口出しは許しません。たとえ相手が王であっても同じこと。仲を深めるには身体を重ねる以外にも、もっと別の方法があります」

固まったままでいるリディに、フレデリクがそっと微笑みかけながらそう話す。

「別の……方法?」

「ええ、まずはたくさん会話をしましょう。その可愛らしい声で、姫のことを俺たちにたくさん教えて下さい。そしてこの愛らしい耳で俺たちのことを知って下さい。そうすればそんなに怯えなくとも、自然と愛し合える日が必ず来るはずだ」

レナルドは右手でリディの手を包み込み、左手で唇をつんと突《つつ》く。

「んっ……!」

「もう、レナルド兄さんは、さっきから姫に触り過ぎだよ」

「姫が魅力的だから、ついね。これでも自重している方だよ」

「どの辺が自重しているんだ?」

「おや、兄さんまで。酷い兄弟だ。ああ、姫、俺の心は今、ズタズタです。どうかその柔らかな膝で慰めていただかなくては、明日から生きていけない……」

レナルドはリディの手を握ったまま、ころんと小さな膝に頭を乗せて横になる。

「あっ……レナルド王子っ!?」

「自重している者のやることじゃないだろう」

「全く自重してないでしょ!」

「柔らかくて、温かくて、ああ、最高の寝心地だ」

兄と弟の両方に矛盾を突かれるものの、レナルドは膝の寝心地に夢中で、全く聞いている様子はない。

男性に膝枕をするなんて初めてで恥ずかしいけれど、三人のやり取りがおかしくて、リディは無意識のうちに口元を綻ばせた。

「あ、笑った」

「まだ冷たいですが、手も少しずつ温かくなってきましたね」

フレデリクはリディの手を温めるように、両手で包み込む。

笑っていたことや自分の手が冷たかったことに、言われて初めて気付いた。

三人の優しさが嬉しくて、涙が出そうになる。

「皆様、ありがとうございます……」

春の陽だまりの中にいるみたいに、心の中がポカポカ温かい。

覚悟は決まっているけれど、四人で愛し合う……という行為はやはり怖い。でも、こんなに優しい人たちが自分の夫になってくれるということは嬉しく思う。

「そういえば姫、さっきから薔薇のいい香りがするね。何か付けているのかな？」

レナルドは握ったままのリディの手を引っ張って、自分の鼻元へ持っていく。

「あ、エマがお風呂上がりに、薔薇のボディクリームを塗ってくれたんです」

「ああ、それで……うん、いい香りだ。そういえば、昨日は最後まで案内して差し上げられなくて、申し訳ございませんでした」

「薔薇は見られた？」

「え、ええ、でも……」

フレデリクに見られたら怒られると言っていた。答えてもいいのか言い淀んでいると、

「気に入らなかったかと」二人に尋ねられ、慌てて首を左右に振る。

「昨日？　薔薇？」

フレデリクが眉を顰め、レナルドとブライアンを見る。ブライアンは「へへ」と苦笑いを浮かべ、レナルドは飄々《ひょうひょう》として微笑む。

「お前たちも昨日、姫と会っていたのか？」

「えーっと、うん。まあね」

「姫は昨日庭以外に外出していないと聞いているが、どこで会ったんだ？」

苦笑いを浮かべてブライアンが濁そうとするものの、フレデリクは流そうとせずに追及を続ける。

「姫と庭で会った時に、使用人に案内して貰ってここまで来たと聞いているだろう？　その使用人が俺とブライアンさ。待ち望んでいた姫が到着したって聞いて、居ても立ってもいられなくなってしまってね。使用人のふりをして、姫の部屋まで訪ねたんだよ」

ブライアンが言い淀んでいると、レナルドがあっさり白状した。

「いや、姫は外の空気が吸いたくなって歩いているうちに辿り着いたと仰られていたが

「……」

フレデリクの答えに、レナルドとブライアンがきょとんとして目を丸くする。

「嘘を吐いてごめんなさい。二人がフレデリク王子にこんなところを見られたら怒られてしまうと言っていたので一人で来たことにしたんです。名前を出さないで『使用人に案内して貰った』と言っても、私の部屋に訪ねてきた使用人は限られますし、調べれば名前がわかるだろうと思ったので……」

正直に話すと、三人がジッとリディを見つめる。

事情はどうであれ、嘘を吐いたことには変わりない。軽蔑されただろうかと心配になっていたら、三人はふわりと笑って見せてくれた。

「ああ、そういうことだったのですね。姫、あなたは見た目が美しいだけでなく、心までも美しい……ありがとうございます」

「姫、庇《かば》ってくれてありがとう」

「い、いえ、そんな……」

お礼を言われるなんて思っていなかったものだから、リディはどう反応していいかわからなくて狼狽してしまう。

「姫、弟たちが申し訳ございません。お前たち、どうしても姫とお会いしたかった気持ちはわかるが、なぜ使用人に扮《ふん》する必要があるんだ。正式に身分を明かせばいいだろう」

「その方が面白いじゃないか。身分を明かせば、姫は俺たちに王子として接するだろう？

俺はかしこまった姫が見たいのではなくて、ありのままの姫が見たかったからね。使用人相手なら普段通りの姫が見られるんじゃないかなと思ったんだよ。——見た目が麗しくても使用人を人間とも思わず横暴な態度を取るレディもいます。しかし姫は俺たちを一人の人間として思いやりを持って接して下さいました。知らない場所でも俺たちを庇っていてくれたのですね。ありがとうございます」

レナルドはリディの手を握りながら、開いている方の指に銀色の髪を巻き付けてにっこり笑う。

まさか試されていたなんて……。

「……なるほどな。それでレナルドの悪巧みに、ブライアンも誘われて乗ったわけか」

「俺は誘っていないよ。使用人の制服に着替えていたらたまたま来て、自分も行きたいって言うから一緒に行っただけさ」

フレデリクにじとりと睨《にら》まれたブライアンが、「ははは」と苦笑いを浮かべる。

「オレも早く姫に会いたかったんだ。だってずっと待ってたんだよ？　早く会いたいに決まってるよ」

「全く、お前たちは……」

フレデリクが呆れた様子でため息を吐くと、レナルドがクスッと笑う。

「そういう兄さんだって、姫に早く会いたかっただろう？　俺たちが仕掛けたおかげで、姫と二人きりになれたんだから、呆れるより感謝して欲しいぐらいだね。他の者は欺《あざむ》けても、弟たちは欺けないよ。姫が到着した時から珍しくそわそわ落ち着きがなかったじゃないか」

「なっ……」

「うん、してたね。政務室のテーブルに足ぶつけたり、ギュウギュウに詰まってた本棚から力任せに本を引き抜いて一段分本を降らせてた。普段なら絶対やらないのにね？」

言葉を詰まらせるフレデリクに、ブライアンが追い打ちをかける。

「姫と仲を深めるために会話をしようとしているのに、私たちだけで話して恥まで晒してどうするんだ！　姫、見苦しいところをお見せしてしまい申し訳ございません」

頬を染めたフレデリクから謝罪され、リディは首を左右に振って笑みを浮かべた。

「いいえ、見苦しくなんてないです。フレデリク王子、レナルド王子、ブライアン王子、ありがとうございます。私、嬉しいです」

心の片隅で、他国から来た姫と政略結婚させられるなんて……自分は三王子から歓迎されないのではないだろうかと思っていた。でも、楽しみにしてくれていたなんて嬉しい。

「……あのさ、さっきから思ってたんだけど、なんだかオレたちって硬くない？」

ブライアンの言葉に、全員が首を傾げる。

「硬い？」

フレデリクに尋ねられ、ブライアンがこくりと頷く。

「うん、かしこまってるって言うか、オレたちって、その、夫婦になるのに、他人行儀じやない？」

「それ、さっきから姫と目が合うたびにあからさまに逸らしてるお前がそれを言う？」

レナルドに図星を指されたブライアンは「今、それを言う？」と口の先を尖らせる。幼い子供のするような仕草だ。

微笑ましく感じたリディが「ふふっ」と笑うと、ブライアンが気恥ずかしそうに頬を染める。

「公式の場ではともかく、夫婦でいる時は姫と王子って呼ぶのは止めて、名前で呼ばない？　あと敬語も止めようよ」

ブライアンの提案に全員が同意し、まずはリディから呼んで欲しいと言われた。

「え、えっと、では改めまして、フレデリク様、レナルド様、ブライアン様、どうかよろしくお願い致します……じゃなくて、よろしく、ね？」

ブライアンの提案に同意したものの、急に呼び方を変えて、敬語もなしに切り替えるのは、どこか違和感があって気恥ずかしい。

「リディ、こちらこそよろしく。すぐに夫婦になるのは難しいかもしれないが、長い人生だ。ゆっくりと夫婦になっていこう」

「ああ……リディ、キミの可愛い唇から名前を呼んで貰えると、自分の名前がとても特別なものに感じるよ。こちらこそよろしく」

「うんうん、この方がずっと距離が縮まる気がするよ。改めてよろしくね、リディ」

気恥ずかしいけれど、ブライアンの言う通り三人との距離が縮まった気がして嬉しい。

どうしたのかしら私、体温が上がってきているみたい……。

緊張が解れたせいで、今さらワインが回ってきたのだろうか。

「ん？　リディ、これは？」

フレデリクの視線の先にあったのは、母から貰ったイヤリングだった。

「あ、それは私の大切なもので、その、今日は大切な夜になると思ったから、勇気を貰えないかって、アミュレットがわりに置いておいたの」

「綺麗なイヤリングだね。すごく清楚で、その、リディにとてもよく似合ってるよ」

ブライアンが照れながらも褒めてくれた。

「本当？　ありがとう」

母から受け継いだ大切なイヤリングだ……似合うと言って貰えて嬉しい。

「もしかして、元婚約者から貰ったものなのかな？」

レナルドがリディに尋ねると、フレデリクとブライアンの顔色が悲しげに曇る。

「ああ、そうか、リディには婚約者がいたんだったね。それが私たちの下へ……母国を離れる辛さだけでなく、婚約者と別れる辛さも味わわせてしまった。すまないことをした」

「え？　い、いえ、そんな……」

リディの手を握るフレデリクの手に、ぎゅっと力がこもった。温かくて、力強くて、慈しみを感じる。

「リディ、その、オレには婚約者がいたこともないし、今まで別れを経験したこともないんだ。だからどうやって慰めたらいいか、どうしたらその悲しみが癒えるかわからないけど、リディが辛い時には話して欲しい。オレ、どうすればリディが辛くなくなるか、一生懸命考えるから……！」

ブライアンが身を乗り出し、フレデリクとレナルドが握っている上からリディの両手をぎゅっと握る。直には触れていなくても、その手に力が込められたことはフレデリクとレナルドの手を通してでも伝わってきた。

「ありがとう。でも私、その件に関しては本当に辛くなんて……」

「リディ、俺たちは夫婦になるんだ。夫に遠慮は無用だよ。辛い思いをさせて、本当に悪いことをしたね。でもその傷付いた心をたっぷりと時間をかけて俺が癒してあげるよ。泣きたくなったり、彼の唇が恋しくなったら、いつでも俺の胸に飛び込んでおいで。彼の唇が思い出せないほどの甘い口付けをしてあげよう」

銀色の髪に触れていたレナルドの指が、リディの唇をつつ、となぞる。

「く、口付け⁉　違っ……そんなことしないわ！」

リディは真っ赤な顔で、ぶるぶる首を左右に振った。

「あの、本当に辛くないの。このイヤリングはお母様から貰ったものだし、本当にアロイス様……婚約者のことは辛くないんです。むしろ正直なことをお話しすると、婚約を解消出来てほっとしているの」

「え、結婚したくないほど酷い男だったの？」

ブライアンに尋ねられ、リディはまた首を左右に振る。

「いいえ、とても優しい方よ。アロイス様はお兄様のご友人で、小さい頃から私を可愛がって下さった、私にとってはもう一人のお兄様みたいだったの。本当のお兄様になってくれたら……本当の家族になってくれたらって何度も思ったし、両親やお兄様もそう言っていたわ。婚約を結ぶことになって、みんな『これで本当の家族になれるね』って喜んでいて、私も『そうね』って喜んだふりをしていたけれど、本当は喜べなかったの。だってアロイス様は私にとって第二のお兄様で、家族なんだもの。男女の仲になるなんて考えられない。恋なんて絶対に出来ないわ……」

いつかアロイスに恋をしなくては……そう自分に言い聞かせていた。

結婚式までまだ時間がある。時間が経てば、きっとなんとかなるかもしれない。そう自分を励ましていたけれど、本当はずっとアロイスとの婚約が嫌で、口にしたらもう二度と自分の心を説得出来なくなりそうだった。

今まで誰にも言えなかったこと、言ってはいけなかったことを口にしたせいか、胸の奥につっかえていた何かが取れたみたいで、ようやく息が出来た気がした。

「ずっと誰にも言えず、一人で抱え込んでいたんだね」

フレデリクが手を握り、子供をあやすように頭を撫でながら尋ねてくる。「どうしてわかるの？」と聞こうとした瞬間、ぽろぽろ涙が零れた。

エンジェライト国が災害を受けても、セラフィナイト国へ嫁ぐことになって不安に押しつぶされそうになっても、一度泣いたら駄目になってしまいそうだからと泣きそうになるたびにずっと我慢してきたのに、なんの前触れも感じずに涙が零れていた。

「えっ……!? や、やだ、私、ごめんなさい……」

涙を拭おうとしても、両手はフレデリクとレナルドが握っていて自由が利かない。離して欲しいと言う前に、ブライアンがシャツの袖で涙を拭ってくれた。

「ハンカチ……と思ったんだけど、ごめん。寝間着だったから、持ってなかった。袖で許して」

「……っ……ごめんなさい……すぐ、泣き止みます、から……やだ、こんな……み、皆様の前で、泣いちゃうなんて……」

涙を止めようと眉間に力を入れても、どんどん零れるばかりで止まってくれる気配がない。

ど、どうしよう……。

「あの、手を離していただけますか？ 涙が拭けな……」

「妻が流した涙を自分で拭かせるなんて馬鹿な夫がいると思うかい？」

狼狽していたらブライアンが引き続き涙を袖で拭ってくれて、フレデリクが頭を撫で、レナルドが濡れた頬を指先で撫でてあやしてくれる。

「ご、ごめんなさ……」

「どうして謝るのかな？　無理に止めなくとも、泣きたい時は泣いてもいいんだよ。俺たちは夫婦になるのだから、他人には見せられないところも見せていいんだ。……それにしてもリディは泣き顔も可愛いね。ぐっときてしまうよ」

フレデリクはリディの頭を撫でながら、レナルドをじとりと睨む。

「レナルド、お前はこんな時に何を言っているんだ。みぞおちに拳をぐっと入れられたいのか。ぐっと」

「レナルド兄さんの場合は、何発入れられても全く応えそうにないね」

ブライアンはリディの涙を拭いながら、呆れた苦笑いを浮かべる。

「妻の前で無様に崩れ落ちるわけないだろう？　どうしても崩れ落ちそうな時は兄さんとブライアンにも一発入れて、無様に見えないようカモフラージュさせて貰うことにしよう」

レナルドは身体を起こすと、しゃくりあげて泣いているリディの背中を優しくさする。

「その考えが無様だろう」

「うん、レナルド兄さん、格好悪い」

兄弟から一斉に集中砲火を浴びても、レナルドは全く気にしていないらしい。鼻で笑うものの、特に反論する様子は見せずにリディの背中を撫で続けている。

どんなに頑張って止めようとしても止まらなかった涙が、三人のやり取りを聞いているうちに止まって、いつの間にか笑っていた。

私、皆様がお話ししているのを聞いているのが、すごく好きみたい……。

「あ、リディが笑ってくれた。よかった」

三人もリディの笑顔につられたように、にっこりと笑ってくれた。

「泣き顔も可愛いけど、笑顔がやっぱり一番可愛いね。可愛いキミをこんな間近で見られるなんて、俺は世界一幸せな男だよ」

「世界一頭が幸せな男の間違いじゃないのか？」とフレデリクに言われても、レナルドはやはり気にしていない様子だ。

レナルドはリディの背中を撫でるのを止めて再び手を握り、指を絡めてくる。

「ぁっ……」

すると妙にくすぐったく感じて、リディは思わず声を出してしまった。

「あれ、くすぐったかったかな？　リディはくすぐったがりなんだね」

「い、いえ、そんなことは……」

少しだけ意地悪な顔をしたレナルドが、手を握ったまま指と指を擦り合わせるように動かしてくると、やっぱりすごく……いや、異常なほどのくすぐったさを感じる。

「……っ……ん……！」

「ほら、やっぱりくすぐったがりだ。ああ、可愛らしい声を漏らすものだ。もっと意地悪がしたくなってしまうよ」

な、何……？

意地を張って嘘を吐いたわけじゃなくて、本当にリディはそこまでくすぐったがりではないはずだった。

それなのにどうしてだろう。手だけじゃない。フレデリクに撫で続けられている頭も、涙に濡れた顔を拭うためにブライアンの手が包み込んでいる頬も、なんだか敏感になっているみたいで、とてもくすぐったく感じてしまう。

いや、それだけじゃない。ガウンとナイトドレスの下の肌がムズムズして——特に胸の先端と足と足の間のもっと奥……花びらの奥が手で押さえたくなってしまうほど疼《うず》いていて、身体全体がどんどん熱くなってきて、頭が高熱を出した時みたいにくらくらする。

泣いて興奮したから？　それともお酒が今さら回って？　いや、どちらにしても今までこんなことは一度もなかった。

「……っ……はぁ……はぁ……あぁ……」

息がだんだん荒くなって、唇から零れる吐息が熱い。

髪が首筋に当たるわずかな刺激だけでも身体が大きな刺激として受け止め、リディは息を乱して恥ずかしい声をあげてしまいそうになる。

一体、どうなっているの……？

身体中が燃えそうなくらい熱くて汗が滲み、服を着ているのが辛い。少しでも薄着になりたい。ううん、いっそのこと裸になってしまえたなら……。

少しでも動くと肌とナイトドレスが擦れる。いつもなら気にならないし、意識しないほどの刺激なのに、どうしてこんなに大きな刺激として受け止めてしまうのだろう。

身体の変化に戸惑っていると、初めての欲求が生まれてきた。

肌に直接触れて欲しい。あんなに隠したかった胸や、三人を受け入れるのが恐ろしかった最も秘めたる場所にも刺激が欲しくて堪《たま》らない。

「リディ、レナルドは少しどころか大分きつく言わないとどんどん調子に乗ってしまうから、『これ以上悪さをするなら二度と私の前に現れないで！』くらい言ってしまった方がいい」

「え？　い、え、そんな……」

ああ、駄目だわ。頭が回らない。

「ん？　リディ、なんだか顔が赤くない？」

「目も潤んでいるな。長旅の疲れが出て、発熱しているんじゃないか？　すぐ横になった方がいい。おしゃべりはまた今度にして、休んだ方がいい」

そうよ。きっと疲れているんだわ……。

寝て起きたら、きっと元通りになっているはずだ。フレデリクに促され、リディはそっと身体を横にした。

「そ、そうですね。皆様、おやすみなさい……っ……ぁ……」

全身の神経が研ぎ澄まされて、どんどん敏感になっているみたいだ。横になる刺激すら辛い。

「すぐに医師を呼ぼう」

フレデリクの手が、チェストに置いてある使用人を呼ぶためのベルに伸びる。

「い、え……っ……大丈夫です……本当に……眠れば、大丈夫ですから……」

でも、このままで本当に眠れるの？

秘部が激しく疼いて、お腹の奥が今までにないぐらい熱い。身をよじらせると足の間がヌルリと濡れていることに気付いた。

えっ……!?

月に一度のものが下りてきてしまったのだろうかと狼狽したけれど、この前終わったばかりだし、いつものような痛みは全くない。

じゃあ、どうして？

一瞬粗相をしたのではないかと絶望したものの、溢れている何かはヌルヌルしているようだ。

だとしたら……。

リディは別の意味で絶望した。

女性は男性に触れられて性的に興奮すると、男性を受け入れるために蜜で秘部を濡らすのだと教えて貰ったことを思い出したからだ。

男性三人に囲まれて、興奮してしまったということ……？

そんな、私、どうして……!?

淫らに変化しているのは秘部だけじゃなかった。胸の先端がぷくりと尖って、ナイトドレスを押し上げている。

ベルに伸びたフレデリクの手は、元の位置に戻らずそのままだ。本当に医師を呼ばれたら、身体が淫らになっているのが知られてしまう。

嫌……そんなの、恥ずかしい……。

「なんだか苦しそうだし、やっぱり診て貰った方がいいよ」

ああ、どうしたらいいの……。

医師を呼ばないで欲しいと必死に懇願するリディは、あまりに疼く身体をどう扱っていいかわからずに息を乱す。

するとレナルドがじっとリディを見下ろし、長い指先で首筋から鎖骨をなぞる。

「ん……っ……ぁ……！」

頬を染めたリディがびくびくと身悶えする様を見て、レナルドは自身の顎《あご》に手を当てて何かを考えている様子だ。

「レナルド兄さん、脈はどう？」

「ん？　いや、脈を診たわけじゃないよ」

「ただ触れたかっただけじゃないだろうな」

フレデリクが疑心に満ちた目で、じとりとレナルドを睨む。

「それもあるけど、少し確かめたかっただけだよ。具合が悪いというより、これは多分……」

「え、何？　まさか大変な状態なの？　オレ、直接医師を呼んでくるよ」

ブライアンがカーテンを開けて飛び出して行きそうになるのをレナルドが止めた。

「リディ、ちょっと失礼するよ」

「え？　あっ……！」

身体の疼きと戦うのに必死で、レナルドがガウンの紐に手をかけていたのに気付いたのは、解かれてからだった。

ガウンの合わせ目を開かれ、ナイトドレスが露《あら》わになる。真っ先に三王子の目に飛び込んできたのは、淫らに変化した胸の先端が布を押し上げている様だ。

「きゃっ……」

慌てて両手を交差させて隠すものの、もう遅い。三王子にしっかりと見られてしまった。

ああ、きっと突然興奮し出した変な女だと思われているだろう。せっかく仲良くなれそうだったのに、嫌われたに違いない。

こんなのってないわ……。

「レ、レナルド兄さん、な、何をして……っ」

ブライアンの顔がリディに負けないぐらい赤く染まり、フレデリクは「お前はいきなり何をしているんだ」とレナルドを叱りつけるものの、リディが体調を崩しているのではないことは悟ったようで、「どうしてこうなったのか、見当は付いたのか？」と言葉を付け足す。

「ああ、まあね。恐らく父上に一服盛られたんじゃないかな？　リディ、俺たちが来る直前に、何か食べたり、飲んだりしなかったかい？」

レナルドに尋ねられたリディは、息を乱しながらも王からワインを貰ったことを話した。

「ああ、このグラスか。どれ……」

チェストの上にあったグラスには、底の方にほんの少しだけワインが溜まっていた。全部飲み干したけれど、グラスの内側に付着していたものが時間をかけて垂れ、底の方に溜まったらしい。レナルドはグラスに口を付け、そのわずかに残ったワインをぺろりと舐めた。

「……うん、やっぱり媚薬《びやく》だね」

「び、媚薬⁉　だからリディがその……こ、こんなことに……？」

リディが交差させた手の隙間からは胸の谷間がくっきりと覗き、身悶えするたびに白い太腿がちらちらと見えるものだから、ブライアンは慌てて目を逸らす。

「どうして舐めただけでわかるんだ？」

フレデリクが訝《いぶか》しげな目を向けながら尋ねると、レナルドはにっこりと意味深な笑みを浮かべる。

「まあ、それは……経験上、かな？」

「相変わらずお前はただれてるな……」

「もう過去のことさ。もう俺は可愛いリディの夫になるのだからね。それよりも兄さん、俺のことを『ただれてる』なんて言えるほど清い人生は送ってきていないだろう？」

「お前ほどではないことだけは確かだ。リディ、大丈夫か？　父が済まない……」

「び、やく……って、何……？　何のお薬？　私、死んじゃう……の？」

聞いたことのない薬の名前だ。もしや毒薬なのだろうか。

怖い……私、どうなってしまうの？

「媚薬は毒薬ではないから大丈夫だよ。ただこれを飲むと、とても淫らな身体になってしまって、男に愛して貰いたくて堪らなくなってしまうんだ」

「そ、そんな……」

男性三人に囲まれて興奮するような淫らな女ではないことがわかって安堵するけれど、状況は何一つ変わっていない。

「水を持ってこさせよう」

フレデリクが再びベルに手を伸ばすのをレナルドが止める。

「水分をたくさん摂って、時間が経てば治るものが多いんだけど、この媚薬はそれじゃ治まらない厄介なものだよ。さすが父上、こんな貴重なものを手に入れるとはね」

この媚薬を作るのに必須の素材である薬草は入手するのがとても難しいものなので、求める者は多くいるが、滅多に出回らないそうだ。

「感心している場合か！」

怒るフレデリクに同調し、眉を顰めたブライアンも「本当だよ！」と続いて怒る。

「依存性は全くないけれど、時間を置いても薬の効果は続いたままになる。あることをしない限りはね」

私、ずっとこんな身体のままなの？

恐怖のあまり、リディは再び瞳に涙を滲ませる。

「ああ、リディ……怯えさせるつもりはなかったんだ。愚かな俺をどうか許してくれ。薬の効果をなくす方法はちゃんとあるよ」

「ほ、本当に？」

よかった……。

「でもこれから俺がその方法を伝えてしまえば、キミをますます怯えさせてしまうかもしれない。最初に謝っておくよ。すまないね」

一体どんな方法なのだろう。怖くても構わない。どんなことでも、淫らな身体になってしまうよりは怖くないはずだ。

「レナルド兄さん、どんな方法なの？」

「回りくどい言い方をせずに、さっさと言え」

「じゃあ、簡潔に言おうか。『膣内を大量の子種で満たす』それがこの媚薬の効能を治める唯一の方法だよ。それも一人分なんかじゃなくて、たっぷりと数人分のものが必要だ」

リディは目の前が真っ白になり、くらりとした。もし立っていたら、そのまま卒倒したに違いない。

フレデリクとブライアンは、「そんなおかしな媚薬があるはずない」と言いたげな顔をし、揃ってレナルドに疑いの眼を向ける。兄弟だけあって、こういう表情をするとそっくりだ。

「おや、日頃の行いが悪いと、なかなか信用して貰えないね」

レナルドは「困ったものだ」と言いながらも、全く困った様子を見せないまま話を続ける。

「でも、本当のことだよ。疑っているのなら、今度調べてみるといい。図書室の奥に資料があったはずだ」

「そんなに自信満々で言ってるってことは本当なの？」

「大事な兄上をとことん狼少年扱いするとは酷い弟だね。本当だよ。この媚薬が最初に作られたのは、今から二百年前のことだ。女児の出生率が見る見るうちに下がり、王族は別として一夫一妻制だった我が国が一妻多夫制へ変わった。今まで一人の男を相手にするのが常識だったのだから、女性たちは当然、複数の男の相手なんて……と、抵抗を覚えるだろう？　そこで妻たちの心を楽にさせるために生まれたのがこの媚薬さ。複数の男からの子種がないとずっと身体が疼いたままなのだから、せざるを得ないだろう？」

「なるほどな。父上め……私たちが今夜愛し合わないことを見越して、先手を打っていたか。迂闊《うかつ》だった」

「リディ、父上が本当にごめん。辛いよね……」

ブライアンに髪を撫でられると、いつもなら心地よく思えそうな刺激も媚薬が快感に変えてしまい、リディはびくびくと身悶えを繰り返す。

「……っ……あ……！」

「あっ！　ご、ごめん。わざとじゃないんだ。レナルド兄さん、毒だと解毒薬があるみたいに、媚薬の効能を治めるような薬はないの？」

治める薬……!?

媚薬で茹《ゆだ》りそうなくらい熱くなった頭の中に、ぱぁっと一筋の希望の光が差し込んだみたいだった。リディが期待を込めてレナルドを見つめるけれど、その視線に気付いた彼は、申し訳なさそうにリディを見つめ返す。

「あえて作っていないそうだよ。なくても命に関わるものでもないし、あればそれを女性が事前に入手して携帯しておくことも可能だろう？　そうなれば事が上手く運ばないからね」

じゃあ私、ずっとこのままなの？

絶望と刺激への渇望で瞳が潤み、涙がぽろぽろ零れた。

これからずっとこのままの身体でいなくてはいけないなんて、どうすればいいのだろう。

皆様に頼んで、愛して貰う？

「……っ！」

私、なんてことを考えているの……!?

三王子はリディの気持ちを尊重して、無理強いをしないと言ってくれた。それなのに一瞬でも、媚薬のせいだとしても、なんてことを考えてしまったのだろう。

息を乱しながら身悶えし、激しい身体の疼きに耐えていると、三王子の視線を感じる。これ以上痴態を晒しているのは耐えられない。

「皆様、ごめんなさい。今夜は一人にして……」

リディは疼くような刺激に耐え、震える声で懇願した。

「でもリディ、この薬は一晩経っても効果は切れないんだよ？　レナルド兄さん、本当なんだよね？」

ブライアンがリディの涙を拭いながら、レナルドに尋ねる。

「しぶとく疑うね。その通りだよ。一人になっても、事態は変わらない」

「そうだとしても私……こんな恥ずかしい姿、これ以上皆様にお見せしたくない……こ、こんな姿……っ……」

声を出すわずかな振動だけでも、媚薬で敏感になったリディの身体にとっては大きな刺激となって襲い掛かってくる。

「ぁっ……や……ぁ……」

お腹の奥がぞくぞく震えてまた蜜が溢れ、ナイトドレスを通り越してシーツにまで滲みこんでいた。

三王子の視線が、欲情して身悶えするリディに注がれる。

「や……見ないで……お願い、だから……こんな……っ……見ないで……わ、私、嫌われたくない……」

優しい三人といえど、さすがにこんな淫らな姿は軽蔑するだろう。拭って貰った先から涙が溢れ、リディの視界が歪《ゆが》む。三王子からの軽蔑の眼差しを想像すると、胸が押しつぶされそうだ。

すると三王子がそれぞれ視線を合わせ、示し合わせるようにこくりと頷く。言葉は交わしていないけれど、視線で会話しているようだった。

何を示し合ったのだろう。

リディに幻滅したと視線で語り合ったのだろうかと、今のリディは痴態を見せた羞恥心《しゅうちしん》で暗い方へばかり考えてしまう。

三人が動くのを見て、ようやく一人になれるのだと安堵した。

激しい疼きが辛くて、ぎゅっと目を瞑《つぶ》る。一晩経っても媚薬の効果は持続するというのだからどうしたらいいだろう。

幼い頃、リディは風邪を引いて高熱を出したことがある。

翌日は兄の誕生日で、盛大なパーティーが開かれる予定だった。優しい兄のことだ。

「自分の誕生日を放って看病をする！」と言い出しかねないからと、リディは誕生日パーティーが終わるまで熱があるのを隠し、普段通りの姿を演じることに成功した。その時の要領で、明日からこの激しい疼きに耐え、平気である素振りをすれば……。

本当に出来るだろうか。高熱よりも辛い。まともに立っていることすら難しいかもしれない。

「……っ……」

衣擦れの音が聞こえた気がした。

もう三王子は去ったはずなのに、まだ人の気配を感じる。

目を開こうとした瞬間、何かに唇を塞《ふさ》がれた。

「ん……っ!?」

な、何？

驚いて目を開くと、そこには去ったはずのフレデリクの顔があった。

え？　ど、どうして？

ちゅっと啄《ついば》まれ、リディは初めて自分が彼に唇を奪われていることに気付く。混乱して

いるとフレデリクは上唇と下唇を巧みに動かし、リディの唇を食《は》んで刺激する。

「んぅ……っ……んっ……んぅ」

なぜフレデリクに唇を奪われることになったのだろう。混乱していると刺激が襲ってき

て、リディはびくびく身悶えする。

自分で唇に触れても全く何も感じないのに、フレデリクに啄まれるたびに身体が跳ねて

しまう。

唇がこんなに敏感だとは思わなかった。いや、媚薬の効果のせいもあるのだろうか。

「ん……ぁ……っ……んぅ……っ！」

喘《あえ》ぎが零れた唇の間を通って、フレデリクの長い舌がヌルリと潜り込んでくる。長い舌が狭い咥内《こうない》を探るように動く。

頬の内側や口蓋《こうがい》をなぞっていた長い舌は、やがて戸惑う小さな舌を見つけた。リディは弾かれたように舌を引っ込めようとする。それは嫌だからでも、戸惑っているからでもなく、反射的なものだった。

けれど長い舌は逃してくれない。あっという間に小さな舌に絡むと、自身の存在を教え込むようにヌルヌル擦り付けてくる。

火照って渇いていた口の中は瞬く間に飲み切れないほどの唾液に溢れ、飲み切ることが出来ずに唇の端から零れてしまう。

「んっ……んんっ……んぅっ……！」

触れられているのは唇と舌なのに、擦り付けられるたびに、直接触れられているみたいにお腹の奥が激しく疼く。

どうして、こんなことに……？

「嫌いになどなるわけがないよ。可愛いリディ、出て行って欲しいなんて寂しいことを言わず、どうか俺たちに身を任せて」

レナルドが両胸の前で交差させた手を解き、手の甲にちゅっと口付けを落とす。

再び露わになった二つの膨らみの頂点は先ほど以上にナイトドレスを押し上げていて、

薄らとピンク色が透けていた。

先ほどまでならすぐに気付き、なんとしても胸を隠そうとするだろうけれど、度重なる衝撃に狼狽して、解かれた手を元の位置に戻すことが出来ない。

「んっ……！」

すると、胸元からシュルッと布の音が聞こえる。汗ばんでいた胸元にスゥッと心地いい冷たい空気と、焼けそうなほどの熱い視線を感じた。

何……？

違和感を覚えた胸元に恐る恐る手を伸ばすと、指先に布の感触ではなくて肌の感触が伝わってくる。

「……っ！」

胸元のリボンを解かれたのだとようやく気付いた。ミルク色の豊かな胸の頂点は食べ頃の果実のように赤く色付き、ツンと尖っている。

「ああ……なんて綺麗な胸なんだろう。リディ、キミは罪作りな女性だね。俺はキミを知れば知るほど夢中になってしまうよ」

リボンを解いた犯人は、レナルドだったらしい。

深く甘い口付けに何もかもとろけそうになる。しかし羞恥心だけは、しっかりと残っていた。

「んっ……んぅっ……」

隠そうと慌てて手を伸ばすよりも先にレナルドの手が膨らみを包み込み、感触を楽しむように指を動かす。

「……っ……！」

「ああ、極上の感触だ……ドレスやコルセットの下に、こんなにも素晴らしいものを隠し持っていたんだね」

レナルドはミルク色の胸に指を食い込ませながら、真っ赤になった耳に口付けして意地悪に囁く。

「んっ……んんっ……」

耳に、胸に、唇に――次々と刺激が与えられていく。

目を開くと、視界の端にブライアンの姿が見える。

助けを求めるように手を伸ばすと、ブライアンがその手を握ってくれた。

よかった。これでこんな淫らな状況を打破出来る。目が合っただけで頬を染める彼のような純粋な人ならば、きっとこんなことは止めようと進言してくれるはずだ。

しかしブライアンは、頬を赤く染めながらも、フレデリクとレナルドに淫らに触れられ、あられもない姿をしているリディから目を逸らそうとしない。瞳に熱を宿し、男性の顔をして彼女を見つめていた。

「ごめんね、リディ……でもオレたち、こんな状態のキミをこのまま放ってはおけない……」

ブライアンはリディの手をぎゅっと握りながら、もう片方の手をミルク色の胸に伸ばす。

「――……っ！」

指先が触れた瞬間、リディがびくんと身体を揺らすと、驚いたのか弾かれたように手を離しそうになるが、それはほんの一瞬だけだった。大きな手の平で包み込むと、恐る恐るといった様子で胸を包み込んだ指を動かし始める。

「すごい……こんなに柔らかいなんて……」

「んん……！　んっ……んんっ……ふっ……んん……！」

ふるふる首を左右に振ると、自らフレデリクの長い舌に自身の舌を擦り付けることになってしまい、リディは刺激で震えた。

右胸を包み込むレナルドの手が艶《なま》めかしく動き、左胸を包み込むブライアンの手は拙《つたな》くも情熱的に動き、唇にはフレデリクの巧みな口付けを与えられる。

刺激が背骨を伝って、お腹の奥をぞくぞく震わせた。身悶えするたびにナイトドレスが乱れ、裾の一部は足の付け根までずり上がり、もう少しで秘部が見えてしまいそうだ。

しかしリディは裾を正す余裕どころか、呼吸をする余裕すらない。次々と与えられる刺激に身悶えを繰り返しながら、初めての感覚に翻弄されていた。

フレデリクはちゅっと音を立て、リディからようやく唇を離す。

「み、なさま……どうして……」

深く口付け、散々舌を擦り付けられたことを証明するように、舌がとろけたように上手く動かせない。

「リディ、すまない……先ほどあなたに無理強いをしないと約束したばかりだけれど、こんな状態のあなたを放っておくことなど出来ない。治めるための薬がないのなら、こうする他、方法がないんだ。後でどんなに殴ってくれても構わない。だからどうか私たちに身を任せて……」

リディの唇の端から零れた唾液を親指の腹で拭ったフレデリクが、今度は首筋に口付けを落とす。

「ぁっ……！　ま、待って、私……こんなこと、しなくても我慢出来る、から……っ……あっ……あぁっ……」

レナルドは柔らかな胸を揉《も》みながら、手の平で尖りきった胸の先端をくりくりと転がす。

「薬の効果はずっと持続したままなのに、どうやって我慢するつもりなのかな？」

「んぅっ……そ、それは……なんとか、普通に見えるふりを……あっ……」

裾から覗いた白い太腿をフレデリクの熱い手でなぞられ、リディはぶるりと肌を粟立たせる。

「普通に見えるふり？　どんなに頑張ったところで瞳は潤んでいるし、頬や唇は薔薇色に染まっているよ」

「……っ……目……は、疲れ目……ということにして、頬や唇は、お、お化粧ということに……」

真っ白になりそうな頭を必死に動かして答えると、レナルドが意地悪な微笑みを浮かべる。

「では、こちらは？」

レナルドの長い指が、揉まれたことで更に尖った胸の先端を軽く弾いた。

「ひぁんっ……！」

ほんの少し触れられただけなのに、身体がびくんと大きく跳ねる。触れられたのは胸の先端なのに、またお腹の奥が直接刺激されたみたいに激しく疼く。

「こんなにも乳首を尖らせていることは、どう言い訳をするつもりかな？」

「……っ……こ、ここは、普段だとコルセットで締め付けているから、見えるはずないもの……っ……ひぁっ……!?」

ブライアンに指の腹で硬くなった先端を撫でられ、リディはびくりと大きく身体を跳ね上がらせ、淫らな声をあげた。

「あっ！　ご、ごめん。痛かった……かな？」

「い、いえ、あの……」

自分の意思とは関係なく、とても大きな声が出た。

リディは頬を燃え上がらせ、咄嗟《とっさ》に両手で口を押さえる。ブライアンが心配そうに顔を見てくるものだから、ますます恥ずかしい。

そこに触れられると、とてもくすぐったくて――でもその先に何か大きなものが待ち受けているのがわかる。

「痛いのではなくて、気持ちがいいんだよね？」

ちゅっと音を立てて、フレデリクが首筋から唇を離して語りかけてくる。濡れた肌に息がかかるだけで、身体が反応してしまう。

「……っ……ン……！」

びくびく身悶えするリディを見たレナルドはくすっと笑い、赤く色付いた胸の先端を指と指の間に挟めて、胸を揺さぶるように揉みしだいてくる。

揺さぶられるたびに、胸の先端が指と指の間に擦れる。これまでにないぐらい尖っていて、見たことがないくらい赤くなっている先端は刺激を貪欲に受け止め、膣口からハニーポットをひっくり返したのではないかというほど大量の蜜が溢れ出す。

「んっ……んんっ……ふ……んんぅ……っ！」

唇を押さえた手の隙間から、甘い声が漏れ出してしまう。

「リディ、本当？　あ、弄《いじ》ってると、小っちゃい乳首がもっと硬くなってきた。これは気持ちよくなってくれてるからって思っていいのかな？」

ブライアンは指先でツンと上を向く胸の先端を撫でながら、リディの真っ赤な耳元でそっと尋ねた。

「んぅ……っ……！」

とんでもない場所に触れられているのに、くすぐったいのに、恥ずかしくてどうにかなりそうなのに……そこに触れられるのが気持ちよくて堪らない。

けれどそんなこと素直に言えるわけがない。ブライアンが与えてくる刺激だけでもおかしくなりそうなのに、フレデリクとレナルドが同時に刺激を与えてくるものだから、ますますおかしくなりそうだ。

「リディ、教えて？」

親指と人差し指で軽くきゅっと抓みながら、ブライアンが再び尋ねてくる。

彼のエメラルドのような瞳には、先ほどのような不安の色はない。尋ねておきながらもリディの反応で答えを導き出し、確信を持って触れているようだ。

「や……っ……だ、だめ……っ……やめてっ……私、我慢出来る……からっ……そこ、コルセットで……隠れるからっ……やぁっ……」

これ以上触れられたら、元に戻れない気がした。今までの自分が壊されて、別の人間になってしまいそうで――怖い。

「いくらコルセットで隠しても、乳首が起《た》っていると周りからはわかるものなのだよ」

レナルドが「ね？」とフレデリクとブライアンに同意を求める。二人は少し間がありながらも、そうだと頷いた。

「えっ！　そ、そう、なの？　でも、隠れているのにどうして？」

「女性が性的に興奮して乳首を起てると、甘くてとてもいい香りがするんだよ」

「ん……か、香り？　……っ……ン……そ、んなのしないわ……っ」

「それは男にしかわからない香りなんだよ。だからリディがその香りがわからないのも、その知識がないのも仕方がないね」

し、知らなかったわ……。

媚薬の疼きと初めて与えられる刺激に冷静さを失っているリディは、たった今まで無垢《むく》な身体に釘付けになっていたフレデリクとブライアンが、ペラペラと語るレナルドに呆れたような視線を送っていることに全く気付けないでいた。

「今、そんな匂いがしているの？」

「ああ、しているよ。甘くてとてもいい香りで堪らないね」

レナルドは指と指の間を狭め、ピアノを奏でるように指を動かす。挟まったままの尖りが指の間で擦れ、指の腹は柔らかな胸の肉にふにふにと埋まる。

「ぁっ……やっ……あっ……う、嘘……ほ、本当に……？」

レナルドと同じくらい胸に近いブライアンに尋ねると、少しだけ苦笑いを浮かべつつも彼はこくりと頷く。

「……っ……は、離れていても？」

レナルドとブライアンよりは胸から離れているフレデリクにも、恐る恐る尋ねてみる。

「すまないね」

なぜか謝られた。どうやら彼の鼻にも届いているらしい。

香水か何かで誤魔化せないだろうかと考えていたら、レナルドが胸の根元をきゅっと摑んできて、尖りが更に目立つ。

「あっ……！」

「花に集まる蜜蜂の気持ちがわかるよ。ここはどんな味がするのかな」

レナルドが味見するように、舌先で胸の先端をぺろりと舐めた。ヌルンとしていて、温かくて、くすぐったい。でも、そのくすぐったさが気持ちいい。

「ひゃうっ⁉　や……っ……あ、味なんて、しないわ……」

「んー？　いや、甘くて美味しいよ」

入浴したてとはいえ汗をかいたし、味がするとすれば甘いのではなくしょっぱいはずだ。妊娠していれば母乳が出るかもしれないけれど、当然リディは妊娠経験どころか男性経験だって今が初めてなのだからありえない。

「そんなわけ……」

「気のせいかな？　じゃあ、もっと舐めてみようか」

「えっ⁉　ま、待って……これ以上は……っ」

レナルドがまるで見せつけるかのように、ゆっくりと胸の先端に口を近付けていく。羞恥心が煽《あお》られ、口に含まれた瞬間快感が襲ってくる。

「あぁっ……！」

芯が出来たように硬くなった先端が乳輪ごとレナルドの咥内に収められ、キャンディを味わうようにころころと転がされた。

時折ちゅっちゅっと音を立てながら吸われるとくすぐったさを通り越した何かがあって、お腹の奥が切なくなる。

「ほら、やっぱり甘い」

胸の先端を唇にくっ付けたまま話すものだから、熱い息と声の振動が刺激となって襲い掛かってくる。

「ンッ！　……そ、そんな……本当に……？」

「リディも味わってみるかい？　リディの胸は大きいから、自分でもしゃぶれるかもしれないね」

レナルドは胸を持ち上げると、先端をリディの方に向けた。赤く色付いたそこはレナルドの唾液で濡れ、ランプの輝きを反射して、てらてらと淫猥《いんわい》に光っている。確かに少し顔を近付ければしゃぶれそうだけど、自分でそんなところを口にするなんてありえない。

「や……っ……嫌……っ……」

ふるふる首を左右に振ると、レナルドがクスッと笑う。

「自分で味わうより、俺に舐められた方がいいってことかな？　じゃあ、俺の可愛い奥さんのご期待に応えて、たっぷり味わうことにしよう」

「えっ⁉　そ、そういう意味じゃ……」

狼狽するリディを楽しそうに眺めたレナルドは、再び胸の先端を咥《くわ》えて舌を動かし始める。

「んっ……！　あっ……や……だ、め……っ……だめぇっ……」

ああ、おかしくなってしまう。

気持ちいい。でも、その気持ち良さに身を任せるのは怖い――。

首を左右に振っても、レナルドは止めてくれない。甘い刺激に翻弄されていると、ブライアンが左胸の先端を指で抓み、くりくりと指の間で転がす。

「ひぁっ……！」

「リディ、舐められるのと、こうやって指でされるのだと、どっちがいい？」

「あっ……んんっ……わ、わかんな……っ」

わからない。もう気持ちよくて、何もかもわからない。

リディは息を乱しながら、快感に震えてしまう。金色の瞳はとろけて潤み、頬や唇は薔薇色に染まる。

ミルク色の柔らかな胸とツンと上を向いた尖りに視線を集中させていたブライアンは甘い声に誘われるように顔を上げ、快感にとろけるリディの顔をじっと見つめる。

ああ、こんな顔見ないで欲しい。

「……っ……どうしよう。可愛い……リディ、キスさせて」

「えっ？　んっ！」

ブライアンは胸の先端を指と指の間でくりくり転がしながら、甘い喘ぎをこぼす唇をちゅっと塞いだ。フレデリクに奪われた時のように深くなるのかと思いきや、彼はほんの一瞬触れただけで弾かれたように顔を離し、同時に手の動きを止める。

「ブライアン、どうした?」

間近で見ていたフレデリクが不思議に思ったのか、リディの首筋に埋《うず》めていた顔を上げて尋ねた。唇の動きは止まったものの、太腿をなぞる手の動きは止まらない。内腿の感触を楽しみながら、じりじりと足の付け根を目指している。

「あ、いや、リディの唇がすごく柔らかいから、驚いて……」

納得した様子のフレデリクは再び白い首筋に唇を落とし、内腿を撫で続ける。

「俺もリディの唇の感触を味わいたいな。ああ、でも、この可愛らしい乳首もまだ味わっていたいし……ああ、欲張りな男は困るね」

レナルドは小さくため息を吐くと、陶器のような白い歯で硬く尖った胸の先端を軽く甘噛みする。

「ひぁっ……!　や……か、噛んじゃ……やぁ……っ……」

「だめだよ。こればかりは譲れない。ねえ、リディ、もっとキスさせて……」

ブライアンが再び唇を重ねてくる。

ちゅ、ちゅ、と唇の柔らかさを確かめるように押し付けられると、リディにも彼の唇の柔らかさが伝わってきた。

「ごめんね。オレ、キスするの初めてなんだ。だからフレデリク兄さんみたいに上手く出来ないかも……下手でも嫌いにならないでね……」

ブライアンは胸の先端をくりくり転がしながら、甘い声をこぼして薄ら開くリディの唇の中に熱い舌を潜り込ませる。

「んっ……んぅ……」

ブライアンの舌は恐る恐るといった様子で、ぎこちない動きをする。しかしぎこちなかったのは最初だけだった。

彼は呑み込みが早いらしい。ぎこちない動きはだんだんとしなやかな動きに変わり、力が入っていて硬かった舌は徐々に柔らかくとろけ、リディの舌に絡んで快感を与える。

キスに夢中で胸の先端を弄っていた指が止まることもあったけれど、次第に両方動かすことを覚えたようだ。舌と胸の先端の両方に強い刺激が襲ってくる。

ブライアンから受ける刺激だけでもおかしくなりそうなのに、レナルドとフレデリクが同時に刺激を与えてくるものだからそれだけではすまない。

次々と襲ってくる刺激と快感に身悶えしていると、とうとうフレデリクの指が辛うじてナイトドレスに隠されていた足の付け根にまで到達した。

――あっ……！

フレデリクの長い指が、秘部を目指して動くのがわかる。

そこに触れられたら、もうきっと本当に止められなくなる。経験はないけれど、わかる。本能が警鐘を鳴らしていた。

「やっ……フレデリクさ、ま……っ……そ、そこ、だめ……っ……香りは……香水で誤魔化せます……だ、だから、もう……っ」

ブライアンが唇を離れた瞬間、リディはとろけた舌を必死に動かして懇願する。しかしフレデリクの指は秘部を目指すのを止めようとしない上に、リディの唇を味わっていたブライアンの唇が、今度は指先に散々可愛がられて敏感になっている胸の先端を咥えた。

「ぁっ……！」

ブライアンの熱い舌は、胸の先端の感触を楽しむように動く。彼は元々要領がいいらしい。深い口付け同様に最初は拙い動きをしていたのに、あっという間にリディを快楽へ落とすような動きに変貌《へんぼう》していく。

「ん……すごい。舌……押し返されそうなくらい、硬くなってるよ……」

ブライアンは舌で胸の先端をこねくり回しながら、感動したように呟く。

「あ……あ……だ、め……っ」

敏感になった先端をこねくり回されるだけでもどうにかなりそうなのに、声の振動まで伝わってくるとどうしていいかわからないほどの刺激に襲われる。

「んん……ごめん。くすぐったかった？」

ごめんと言いながらも、また咥えたまま話されてしまう。ブライアンの顔には邪気がないことから、無意識のうちにやっていることが伝わってくる。彼が無意識でそうしている分、感じてしまう自分がとてもいやらしい女性に思えてならない。

「香りを誤魔化せたとしても、こちらは誤魔化せない。リディ、この音が聞こえるだろう？」

「え？　……っ……あ……！」

フレデリクの指が、花びらの間をなぞった。

ぐちゅっと粘着質な水音が聞こえ、リディは顔を燃え上がらせる。

「あなたが出した蜜の音だ。こんなに濡れているから少し指を動かしただけでも……」

蜜を纏った指は、ヌルンと花びらの間を滑っていった。

「や……だ、だめっ……ひぁっ……！」

「ほら、滑ってしまった」

フレデリクの長い指は蜜の滑りを借り、先ほどからずっと疼いていた敏感な蕾をつるりと通過し、甘い蜜を溢れさせている膣口の手前で止まった。

「やっ……あっ……あぁ……っ……！」

ほんの一瞬――瞬き一回分ほど触れられただけなのに、リディの身体には雷が落ちたような大きな刺激が走る。

な、に……？

あまりにも激しすぎる快感に、頭の中が真っ白になったみたいだった。

滑った道を引き返すと再び敏感な蕾が擦れ、リディはより大きな喘ぎをあげながら、激しく身体を跳ね上がらせた。

フレデリクは指を引き抜くと、リディの目の前に持ってくる。花びらの間をなぞった指は、ハニーポットに指をくぐらせたみたいにねっとりと蜜を纏っていた。

濡れているということはわかっていたけれど、こんなにも濡れているなんて思わなかった。

胸を可愛がるレナルドとブライアンの視線が、てらてらと光る濡れたフレデリクの指に集中するのがわかる。

「い、嫌……見ないで……」

今すぐフレデリクの指を拭いたいのに、身体が言うことを聞いてくれない。まるで高熱を出している時のようだ。いや、高熱の時の方が身体を動かせるかもしれない。

「こんなに濡らしているのでは、座っていてはドレスにまで滲みるだろうし、歩いていては垂れてしまうだろう」

指先から蜜がとろりと垂れてリディの肌に落ちそうになった瞬間、フレデリクはその指を自身の口元へ持っていって舌で舐め取った。

そんなのを舐めるなんて汚い。止めて欲しいと言いたくても、レナルドとブライアンに胸の先端を同時に可愛がられているリディの口からは、意思よりも先に喘ぎが飛び出してくる。

「んっ……ぁ……や……っ……ン……ぁっ……あぁっ……」

ほんの少し触れられただけなのに、フレデリクの指先が触れた敏感な蕾がじんじん疼いて熱い。まるでもっと触って欲しいとおねだりしているみたいだ。

「リディ、あなたの心の内に秘めている恐怖は、私たちが全て溶かしてあげよう。何も心配することはない。ただただ私たちに身を任せ、押し寄せてくる快感を抗わずに受け入れて……」

フレデリクの指が、再び花びらの間に潜り込んできた。

「あっ……ン……や……ぁっ……」

そんなことを言われても、簡単には切り替えられない。受け入れられそうにない――そう思っていたのに、甘い刺激を期待して身体が悦《よろこ》びに打ち震える。

フレデリクの指がふっくらとした花びらの形を確かめるように動く。指先がわずかに敏感な蕾をかすめるたびに身体がびくびく震え、早くそこを触って欲しいと泣いてしまいそうだ。

指が動くたびにくちゅくちゅ淫らな音が聞こえて……胸の先端をしゃぶるレナルドとブライアンの音も合わさり、鼓膜までも愛撫されているみたいだ。

レナルドとブライアンに刺激を与えられ続けている胸の先端やフレデリクに弄られている秘部がじんじん疼く。

今までは決して触れることのなかった場所――こんなにも敏感だったなんて知らなかった。

自分がこんなにも恥ずかしい声を出せるなんて知らなかった。

男性に愛されるということが、こんなにも気持ちがいいものだったなんて知らなかった。

知らないことばかりで、これ以上知るのが怖い。

怖い……怖いわ……。

でも、どうしてだろう。快感を与えられてとろけた理性の壁の向こうで、もっと知りたいと思う自分がいる。

腰が勝手に動いて、フレデリクの指先を敏感な蕾に導こうとしてしまう。そのことに気付いたのか、彼の指がとうとう敏感な蕾に宛《あ》てがわれた。

「ひゃぅっ……！」

宛てがわれただけなのに、強すぎる刺激がリディの全身へ伝わっていく。神経に直接触れられているみたいだ。

「ここを触られるのが気に入った？」

フレデリクはくすっと笑って、小動物の頭を撫でるかのように指をゆっくりと動かす。

「だ、だめ……！　待って……そこ、だめ……っ……あっ……ひぁっ……」

先ほど触れられた時にすごく感じたからきっととても敏感な場所なのだろうと思っていたけれど、予想を遥かに超える刺激の強さだった。

あまりにもくすぐったくて、でもそれが堪らなくいい。堪らなくいいのに、もっとその刺激を欲しいと思うのに、これ以上感じるのは大罪を犯しているような気がしてならない。

「駄目？　そこに触れて欲しそうに感じたのは、私の思い過ごしだったか？」

気付かれていないだろうとは思っていなかったけれど、言葉で指摘されると羞恥心が煽られる。

なんて答えたらいいかわからなくて必死に言葉を探していると、疼く敏感な蕾を指の腹でぷりぷり転がされた。

「やぅっ……！　あんっ……あぁんっ……やっ……あっ……あっ……はぅっ……あっ……」

「その反応は、思い過ごしではないと取ってもよさそうだね」

転がされるたびに身体がびくびく跳ねて、頭の中が真っ白になっていく。

胸に、秘部に、敏感な場所へ次々と刺激を与えられるたびに足元から何かがじわじわせり上がってきているのに気付いた。

「……っ！　……そ、それは……っ……んっ……あぅっ……」

これは、何……？

絶頂が差し迫ってきている合図だった。経験がないリディはそれがわからなくて、これ以上されたら、本当におかしくなるのではないかという恐怖に駆られる。

「や……っ……ま、待っ……ほんと、にっ……ぁんっ……あっ……はぅっ……んんっ……んっ……」

だめ……これ以上は、本当に……本当にだめ……！

そう言いたいのに、喘ぎに邪魔されて言えない。すると淫らな声に誘われるように、胸の先端をしゃぶっていたレナルドが顔を上げてリディの顔を恍惚《こうこつ》とした表情で見つめた。

「兄さんは意地悪だね。答えに困っているのなら、俺が助けてあげよう」

これ以上触れないように言ってくれるのだろうかと思っていたら、唇にちゅっとキスされた。
「んっ……えっ……あ、あの……」
「こうして俺の唇で塞いでいれば、意地悪な兄さんの質問に答えなくていいだろう？　あ
あ、柔らかくて気持ちのいい唇だ……」
「えっ！　ち、違……待っ……んん――……っ！」
リディの意図が伝わらなかったのか、それともわざとなのかはわからないけれど、ただ
でさえ喘ぎで邪魔されて何も言えなかったのに、唇を塞がれては為す術もない。
「んっ……んんっ……ふ……んぅ……っ……」
レナルドの長い舌が咥内に潜り込み、巧みに動く。舌ではなく、別の生き物なのではな
いかと思う程の動きで、溢れた唾液が喘ぎ過ぎてカラカラになっていた喉を潤わす。
リディの唇を味わいながらも、レナルドは今までしゃぶっていた胸の先端を今度は指で
可愛がり続ける。
身体の敏感な場所全てに触れられているリディの膣口は、蜜が洪水のように溢れかえっ
ていた。身体中の水分が全て蜜になっているのではないかというほどの溢れようだ。
足元を押し上げるようにじわじわ来ている何かは膝まで到達し、また更に上がってこよ
うとしている。
「リディ、ここがヒクヒク疼いてるのが指に伝わってきているよ。もうすぐ達きそう……
かな？」

花びらの奥にある敏感な蕾をツンと突かれ、リディはびくんと身体を揺らす。

「んんっ……！」

自分でも激しくヒクヒク疼いているのがわかる。でも、フレデリクの言っている意味がわからない。

いき……？　いきそうって、何……？

わからない。何もかもわからない。ううん、気持ちよすぎて、考えられない。考えなくてはいけないのに、考えたくない――。

その言葉に合図を受けたように、胸の先端を弄るレナルドと舌でこねくり回しているブライアンの動きが激しくなる。同時に花びらの奥にある敏感な蕾を擦るフレデリクの指も激しくなり、膝の辺りまで押しあがってきていた快感の波が、一気に頭の天辺まで貫いていった。

「……っ……！　ン――……！」

その瞬間、強すぎる快感の矢が全身を隈なく貫いて、指一本動かせないくらい力が抜けてしまう。

「ああ、なんてことだ。口付けに夢中で、達った瞬間の表情を見過ごしてしまったよ……きっと可愛かっただろうね」

レナルドはとろけたリディの舌先をちゅっと吸って唇を離し、絶頂の余韻に痺《しび》れるリディを見下ろす。

「本当だな。お前がしつこく口付けしていたせいで、お前の見慣れすぎた後頭部しか見えなかったじゃないか」

「ん……オレも見えなかったー……」

ちゅぱっと音を立てて胸の先端から口を離したブライアンも、フレデリクが抗議するのに続く。

そんな恥ずかしい顔見ないでいいと思うのに、快感で痺れて呼吸すらもままならないリディは言葉にして訴えることが出来ない。

恥ずかしい……。

こんなに恥ずかしいと思ったことは今までにないくらいなのに、気持ちよくて、心地よくて仕方がない。

お腹の奥の激しい疼きが治まりかけたような気がしたけれど、それはほんの一瞬だけだった。再び激しい疼きに襲われ、切なくてどうにかなりそうになる。

「兄さんの邪魔をしたことは認めるけれど、ブライアンはリディの可愛い乳首をしゃぶるのに夢中になっていただけじゃないかな？」

レナルドの主張に、フレデリクは蜜まみれになった指を舐めながら軽く頷く。

「ああ、確かに。ブライアンの位置なら、顔を上げれば十分見られるだろうに」

「ちょ……っ……いや、それは……あ、そっか。確かに、オレの位置だと見える……」

たった今気付いたらしい。顔を上げたブライアンの瞳と快感で潤んだ金色の瞳の視線が絡み合う。

「人のせいにするなんて酷い弟だと思ったが、本当に気付いていなかったのか。全く、困った弟だね」

「でもさ、こんな綺麗なんだもん……夢中になっても仕方ないじゃないか」

ブライアンは頬を赤く染め、気恥ずかしさを紛らわすように自身の濡れた唇をぺろりと舐めた。

「開き直るとは、本当に困った弟だ」

レナルドは身体を起こすと、まだ絶頂の余韻で指一本動かせずにいるリディのお腹に引っかかっていたナイトドレスを取り払い、足の間を開かせて自身の身体を挟み込む。

花びらをレナルドの長い指で広げられると、隠れていた場所が露わになった。熱くなっていたそこを冷やすように、空気が入り込んできてぶるりと震える。

透明な蜜でねっとりと濡れたそこは興奮で濃いピンク色に染まり、先ほどまでフレデリクに弄られていた敏感な蕾はぷっくりと膨れていた。

「ああ、なんて綺麗なんだろう。本当に薔薇の花を見ているようだよ」

レナルドはまるで美しい彫像や絵画を眺めるように、うっとりとした様子で花びらの間に視線を注ぐ。

「ぁ……っ……やっ……だ、め……そんなところ、見ないで……」

薔薇と比べられるだなんて思ってもみなかった。こんな恥ずかしい場所と薔薇を比べるなら、当然薔薇の方が美しいに決まっているのに、どうしてレナルドはそんなことを言うのだろう。

指一本動かせないほど身体がとろけていても、羞恥心や恐怖心はどこかに引っかかって残っていた。

フレデリクや身体を起こしたブライアンの視線までもが合わさり、三王子の視線が最も恥ずかしい場所に注がれる。

「ああ、本当だ。昨日一緒に見た薔薇よりも綺麗だ……」

レナルドとブライアンに聞こえないように、フレデリクがそっと囁く。

「……っ……！　も……だめ……本当に……見ないで……」

「夫なのに妻の身体で知らない場所があるのはおかしいだろう？　恥ずかしがらずに、私たちに全てを見せて……」

フレデリクの長い指が、汗ばんだ髪をさらりと撫でる。

そうなの？　知らない場所があるのはおかしいこと？　でも、恥ずかしいものは恥ずかしい。

恥ずかしいのに、どうして……？

羞恥心すらも刺激に変えたリディの身体は更に熱くなり、フレデリクの長い指で可愛がられていた敏感な蕾がヒクヒク疼いてしまう。

三王子の視線はどれもとても熱かったけれど、特にブライアンの視線が熱かった。アーモンド形の目を丸くし、リディの花びらの間をじっと凝視している。

「ブライアン、どうした？　リディのを見てるだけで射精したのかな？　まあ、初めてだし仕方がないね。そういうこともあるさ。……にしては驚くぐらい早いな。お前は足も速いが、そちらも早かったのか」

「へ⁉　いや、違うしっ！　射……とかしてないからっ！　いや、女の人のって正直変な形してるなぁって思ってたけど、こんなに綺麗なんて驚いて……」

「ああ、そういえば性教育の授業で女性の身体は見たことはあるんだったね。その時に本番も済ませておけば、こんなに狼狽することもなかっただろうに」

「レ、レナルド兄さん！　余計なこと言わないでよ。……いくら無様だろうと、好きな子以外を抱くなんて絶対に嫌だよ。身体は見たけどさ、こんなに綺麗じゃなかったよ。女の子の身体にも綺麗じゃない場所があるんだなーって思ってたんだけど、すごく綺麗で……なんか感動した」

　薔薇と比べられるのも恥ずかしい。でも他の女性と比べられるのはもっと恥ずかしいし、なんだか嫌な気分になる。

「や……い、いや……もう、見ないで……っ」

まだ十分に身体の力は戻っていないけれど、少しは動かせるようになってきた。

なんとか足を閉じようと身をよじらせたものの、レナルドの身体が挟まっていて徒労に終わる。もし彼の身体がなかったとしても、他の王子たちに手で押さえ付けられることだろう。

「一方的に見るのは不公平だね。見せ合った方がいいかな？」

「えっ……！」

見せ合うって、裸を……!?

夫婦なのだからお互いの裸を見てもおかしくはないのだろうけれど、不公平だから見せるというのはおかしい気がする。

とんでもない提案をしてきたレナルドがシャツのボタンに手をかけたところで、怪訝《けげん》な顔をしたフレデリクが止める。

「止めろ。リディが怯えたらどうするつもりだ」

「え、怯えるって、兄さんのってそんな変な形してるの？　あ、見せなくていいよ。男のは見たくないから」

リディの花びらからフレデリクに視線を移したレナルドは、さも汚物を見るように眉を顰めた。

「誰が見せるか。変わってもいない。ただリディは初めてなんだ。経験のない女性に性器を見せるのは恐怖心を煽ることになるのではないかという意味だ。脱ぐな。しまっておけ」

「まだ出してないよ。人を露出狂のように言うなんて酷い兄さんだ」

露出狂の方がまだましだと呟くフレデリクが、チェストの上にあった小瓶に手を伸ばす。蓋を開けるとキュポンと音が聞こえ、リディの注意がそちらへ逸れた瞬間、レナルドの指先が小さな膣口をなぞった。

「ぁっ……！」

とろけていた身体に力が入って、わずかに開いていた膣口が侵入者を阻むようにきゅっと締まる。

「ああ、なんて小さくて可愛らしいんだろう。痛み止めの薬を使うにしても、無理に入れては効果の切れた後が辛いね。たっぷりと慣らさなくては……」

フレデリクは蓋の開いた瓶をさかさまにし、膣口の形をなぞっているレナルドの指に中に入っていた液体をかけた。

薬は愛液と同じくらいの粘度で、レナルドの指を伝って膣口に垂れていく。

破瓜の痛みを和らげると言っていた薬だ。

優しい三王子の好意で仲を深めてから、自然な形で愛し合おうということになっていたのに、リディが何も考えずに媚薬入りのワインを飲んだせいでこんなことになってしまった。

彼らは優しい。優しいからこそ、リディを媚薬の辛さから救おうと無理強いをしてきているのだ。リディが我慢出来るから止めて欲しいと懇願しようとも止めないだろう。

抵抗しても無駄だとわかっている。わかっているけれど、未知の行為への恐怖や羞恥が合わさり、身をよじらせて抵抗してしまう。

「リディ、指を入れるよ。力を抜いて……最初は少し痛みを感じるかもしれないけれど、すぐに薬が効いて痛くなくなるはずだ」

痛み止めの薬を纏ったレナルドの指が、狭い膣口の中につぷりと侵入してきた。

「あっ……！　や……っ……いや……っ……痛っ……」

レナルドの長い指が、リディの中をゆっくりと進んでくる。

「大丈夫。薬がすぐに効いてくるはずだよ」

ぴったりと閉じていた膣道を広げられ、ひりひりと焼けるような痛みが少しだけ走るものの我慢出来ないほどの痛みではない。根元まで収められる頃には、レナルドの言う通り全く痛みを感じなくなっていた。

「なんて素晴らしい感触だろう。俺の指をこんなにもギュウギュウに締め付けているよ。リディ、まだ痛みはあるかい？」

痛くはない。でも、怖い――。

余裕がなくて、リディは何も答えることが出来ない。指をゆっくり出し入れされると、内臓を探られているようで変な感じだ。

「薬は人によって効き目が違うからな」

フレデリクはレナルドの指に薬を垂らし続けながら、幼い子供をあやすようにリディの髪を撫でた。

「ああ、リディ、まだ痛いんだね。可哀想に……でも、ちゃんと解さないと、もっと辛いから頑張って」

レナルドは震えるリディの唇にちゅっとキスを落とし、狭い中を広げるように指を動かしていく。

快感でとろけていた頭の中は未知の行為への恐怖でいっぱいになり、リディはぽろぽろ涙をこぼしながら、救いなどないとわかっていながらも、誰かに助けを求めるように手を伸ばす。

するとブライアンがその手を取り、指を絡めた。

「リディ、大丈夫？　リディばっかりに痛い思いをさせてごめんね。代わってあげられたらいいのに……」

ブライアンは握ったリディの手を自身の口元まで持っていき、慈愛に満ちた口付けを落とす。

「全く同感だね。リディ、キミを痛みから解放出来るのなら、俺はどんな痛みでも耐えられるのに……破瓜といい、出産といい、どうして女性ばかりが辛い思いをしないといけないんだろうね」

レナルドの指が動くたびに蜜と薬がこねくり回され、ぬちゅっぬちゅっと淫らな音が聞こえてくる。

「ひぅっ……んんっ……んっ……んぅ……ひぅっ……や……」

「ああ、少しずつ解れてきているよ。リディ、頑張って偉いね」

解れてきているとはどういう意味なのかわからないけれど、先ほどより指の動きが滑らかになっているような気がした。

もう痛みはない。でもそれを伝える余裕がない。恐怖のあまりブライアンの握ってくれた手にぎゅっと力が入る。

「リディ、中ではなくて、こちらに集中して」

フレデリクの大きな手がリディの両胸を包み、揉みしだき始めた。

「ぁっ……！」

彼の指の動きに合わせて、柔らかな胸が淫らに形を変える。ツンと尖った胸の先端を抓みながら転がし、もう一方は口に含まれた。

舌の表面を押し付けるように舐められると、ツルツルしているのにほんの少しだけざらざらした感触が伝わってきて、それが堪らなくいい。

フレデリクは唇を窄《すぼ》めてちゅっと吸い、また舌の表面を擦り付ける。それを続けられているうちに再び甘い刺激が身体に訪れた。

「んっ……ぁんっ……は……んっ……や……んっ……」

フレデリクの愛撫によって再び受け止めた快感で、強張っていた身体の力がだんだん抜けてくる。

「リディ、オレも気持ちよくしてあげるね。上手く出来るかわからないけれど、頑張るから……」

ブライアンの長い指が、剝《む》き出しになった蜜まみれのリディの蕾をそっと撫でた。膣口は薬が浸透して麻痺《まひ》し、ほとんど感覚がない。でもそこは薬がかかっていないため敏感なままだ。

円を描くようにくるくるとなぞられると、快感と共に嗚咽《おえつ》をあげて泣きたくなるくらいの切なさが襲い掛かってくる。

「ひぁっ！　あっ……やっ……んんっ……あっ……あぁ……っ」

「あ、すごい。ぷりぷりしてる。可愛い感触……」

上手く出来るかわからないけどと言いながらも、ブライアンはやはり器用らしい。宛てがった指に力を徐々に加えていき、絶妙な力加減を驚くほどの短時間で手に入れた。握った手や表情からリディの反応を汲《く》み取り、指を動かしていく。

敏感な場所を同時に可愛がられると、完全に身体の強張りがなくなった。……というよりも、力が入らない。

「ぁんっ……あっ……んっ……や……お、おかしく……なっちゃ……ぅ……っ」

「そのおかしくなった顔が見たいんだよ。さあ、俺たちにだけ見せてごらん」

「あっ……や……っ……だ、だめ……っ」

快感に痺れているリディのとろけた顔を見つめながら、レナルドは指を動かし続ける。

ぐちゅっ……ぐちゅちゅっ……ぐちゅっ……。

フレデリクが唇と舌で胸を可愛がる音と、ブライアンが敏感な蕾を指先で可愛がる音とが相まって、閉め切った天蓋の中にとても淫らな音が響く。

ああ、お腹の奥が、切なく疼いてどうにかなりそうだ。中に指を入れられるのは怖いのに、その切ない場所を弄って欲しくて堪らない。経験なんてないのに、弄って貰えたらこの切なさがとても素晴らしいものに変わるに違いない――と本能が告げている。

「リディ、もう一本入れるよ。もう痛みはないはずだから、安心して」

レナルドの指が、もう一本入ってきた。

「――……っ……ンぅ……！」

痛みは全くないものの、身体に異物を受け入れているという強い違和感が襲ってくるのと同時に、お腹の中の切なさが激しくなる。

届きそうで、届かない――。

あまりにも切なくて、でもその切なさが良くて、リディの唇からは甘い喘ぎ混じりの吐息が溢れた。

二本に増えたレナルドの指が、何も知らないリディの中を広げていく。

ゆっくりと抽挿を繰り返されているうちに異物感がだんだんと鈍くなってきた。それはきっと痛み止めの薬のおかげではなくて、だんだんと彼の指に慣れてきているからなのだろう。

やがて三本目の指が、リディの中に進んでくる。

再び異物感に襲われるものの、フレデリクとブライアンの与える刺激によってリディはまた絶頂に達し、その異物感に恐怖を抱いている余裕が全くない。

レナルドの指を受け入れている膣口と膣道がひくひくと激しく収縮を繰り返し、彼の指をぎゅうぎゅうに締め付ける。

達したばかりの身体に刺激を与えられると、あまりにも敏感になりすぎていて辛い。フレデリクはそのことを知っているようで、絶頂を迎えたことがわかると敏感な胸の先端は触れないように唇と指を離して触れないようにし、そこよりは感覚が鈍い胸の膨らみを揉んでじれったい刺激を与えることに切り替える。

ブライアンも誰かに言われる前にリディの反応でそれに気付いたらしい。ひくひく疼いている敏感な蕾から指を離し、花びらを撫でて可愛がることに切り替えた。

刺激を与えられ続けているリディの身体は、媚薬の力も相まって冷めることはなく、また高みへ向かって燃えそうなほど熱くなる。

作り替えられていく——。

何も知らなかった無垢な身体は渇きを覚え、触れられる快感を覚えた。

今までの自分が作り替えられ、新しい自分になっていく。

怖い……。

なんて恐ろしいことなのだろう。先ほどまでは許されることなら逃げ出したいと思っていたのに、どうしてだろう。

三王子からたっぷりと快感を与えられたリディは、身体だけではなく理性までもとろかされていた。

理性に包み込まれて、今まで決して表に出ることがなかった本能が剝き出しとなり、作り替えられていくのを楽しみにしている自分がいることに気付いた。

媚薬のせい？　それとも、これが本当のリディなのだろうか。

深く考えようとしても敏感な場所を同時に可愛がられ、何も知らない場所を押し広げられ続けている状態ではそんな難しいことを考える余裕どころか、この前読んだ本の内容を思い出すことすら難しい。

絶頂の余韻がまだ冷めていないうちに、また足元から大きな快感の波が押しあがってきた。

「や……っ……わ、私……ま、た……変になっ……あっ……はぅっ……も、もう、やめ……っ」

繋いだままのブライアンの手をぎゅっと強く握ると、ブライアンが愛おしそうに瞳を細め、赤く染まったリディの頰にちゅ、ちゅ、と唇を押し付けながら再び敏感な蕾を指でなぞる。

「リディ、また達きそう？」

「ひぁっ……わ、わからな……さっきと同じく……なっちゃ……っ……あっ……だ、だめっ……」

フレデリクはふるふる首を左右に振って涙をこぼすリディの涙を舐め、瞼にちゅっと口付けを落としつつ、また胸の先端を指と指の間で転がし始めた。

「それが達くということだよ」

「い、く……？」

「そう、絶頂だ。女性は男性と違って際限なく絶頂を体験することが出来るんだ。だから心配しないで」

リディの中を広げていたレナルドは立てた白い膝にちゅっと強く吸い付き、赤い痕を散らす。

「何度も達けるなんて、女性が羨ましいよ。男も際限なく絶頂を体験出来るのなら、リディと永遠に愛し合えることが出来るのに……」

足元を押し上げていた快感の波は、あっという間に頭の天辺まで突き抜けていった。

再び絶頂の余韻に痺れて呼吸すら忘れていると、「そろそろいいかもしれないね」と、レナルドの声が聞こえてくる。

いい？　何がいいの？

リディが真っ白になった頭の中でぼんやり考えていると、根元まで埋まっていたレナルドの指がゆっくりと引き抜かれていった。

「ン……ぁあ……っ……」

ずっとあった違和感と内側からの圧迫感が急になくなって、肌がぞくぞくと粟立つ。

レナルドが濡れた指を自身の口元に持っていって舐めようとした寸前のところで、ブライアンが「あ、待って！」と焦ったように声をかける。

「痛み止めの薬も入ってるんでしょ？　舐めたら喋《しゃべ》れなくなっちゃうんじゃないの？」

「ああ、大丈夫だよ。これは女性にしか効かないものだから、いくら男が舐めたところでどうともならないよ」

蜜まみれになった指を舐め取ったレナルドは、「ほら、ね？」と話してみせる。

「男に効いたら、挿入した時に困るだろう？」

「あ、そっか」

絶頂に達するたびに身体の奥に感じている耐えがたい疼きが治まりそうになるものの、それはほんの一瞬だけで、媚薬の力によってますます強くなっていく。

三王子がこんなにも近くにいるのに、頭がぼんやりしてとても遠くで話しているように感じる。

「少し苦いけど、リディの蜜は甘いからね。苦みが甘さを引き立てて更に美味しいよ。まあ、効いたとしても舐めてしまうだろうけれどね。勿体ないじゃないか。ああ、男に効かなくて本当によかった。おかげで口を動かして、リディに愛を囁くことが出来る」

「レナルド、お前に限っては効いた方がよかったな。その動きすぎるほど動く口を封じることが出来た」

「まあ、麻痺しようとなんだろうと、意地でも愛を囁くよ。それに愛を伝えるのは、口だけじゃないだろう？」

激しい疼きに襲われながらも乱れた息を必死に整えているリディを見下ろしながら、指に付いた蜜を舐め取り終えたレナルドは、トラウザーズの前を寛がせる。

「こら、待て。なぜお前が初めてを奪おうとしているんだ」

フレデリクに不満をぶつけられようとも、レナルドは手を止めずに自身を取り出した。

彼の欲望は血管が浮き出すほど張りつめ、押さえていないと膨れた頭がお腹に当たりそうなほど反り立っていた。

「兄さんはリディの唇の初めてを奪ったんだから当然の権利さ。こちらは譲るつもりはないよ」

頭がぼんやりしているリディは三王子が何か話しているのはわかっても、意味を理解することは出来ない。

「当然の権利っていうのなら、オレだってあると思うんだけど？」

「童貞は黙っていなさい。入れる場所を間違えたら困るだろう。女性にとって初体験は一生の思い出なのだから、暗黒の思い出にするわけにはいかないんだよ」

「いや、さすがに間違えないし！」

「順番を争うのは止そうじゃないか。いい雰囲気が壊れてしまうだろう？　こういうのは雰囲気が大切なんだ。初体験ともなれば、なおのことね」

絶頂の余韻と疼きで目を開けていられないリディは、レナルドが欲望を取り出したことに気付いていない。足を大きく広げられ、膣口に欲望の先を宛てがわれたことでようやく気付き、とろけていた金色の瞳を見開いた。

「あっ……！」

「リディ、お待たせ。辛かっただろう？　俺の愛をたっぷり注ぎ込んで、その苦しみから救ってあげるよ」

三王子は愛するのを止めないし、愛して貰わなくてはこの辛い疼きが治まらないとも知っている。でも怖い。お尻を動かして侵入されないように後ろへ逃げようとした。けれどレナルドはリディの行動などお見通しのようだ。両方の膝裏に手を入れられ、しっかり固定されていて身体が全く動かせない。

ぐぐっと腰を進められると、小さな膣口が硬い膨らみに合わせて広がっていく。

痛みはない。でもとても恐ろしくて、心臓が今までにないぐらい激しく脈打ち、身体が震えてしまう。

怖いのに、身体の奥がもっと刺激が欲しい、彼の欲望が欲しいと懇願するように激しく疼く。

怖い――。

自分の身体なのに、自分の身体じゃないみたいで、怖い――。

私、どうなってしまうの……？

「や……っ……」

「嫌？　俺のことが嫌い？」

リディは首を左右に振り、すぐさま否定する。

「違……っ……で、も……怖い……」

「大丈夫、心配しないで。俺が愛する奥さんに酷いことなんてするわけがないだろう? ただたっぷり愛して、世界で一番幸せにするだけだ」

とても優しい声だった。膝に落とされた口付けにも、愛情と慈しみを感じる。

「リディ、怖い思いをさせてごめんね。大丈夫だよ」

ブライアンは震えるリディの手にぎゅっと力を込めて握り、もう一方の手で優しく髪を撫でてくれた。

フレデリクも空いている方の手を握って指を絡め、眦《まなじり》に溜まった涙を親指の腹で拭い、ちゅっと口付けを落としてくれる。

「リディ、怖いのなら、そちらに集中しなければいい」

フレデリクに言われた通り集中しないようにしても、レナルドが少しでも腰を進めると、どうしてもそちらに集中せざるを得ない。

「……あっ……! そ、んなの……む、無……っ……ン! んんっ……」

無理だと言おうとした瞬間、フレデリクに唇を奪われた。

先ほどよりも強く唇を食まれ、絡められた舌がとろけそうになると、白い歯でほんの少し甘噛みを加えられる。とても情熱的な口付けだ。

他の場所に刺激を与えられると、わずかに秘部から意識が逸れることに気付く。繋いだ手から伝わってくる震えが消えたことで、ブライアンもそのことに気付いたようだ。

「オレも胸、気持ちよくしてあげるね」

リディの手を握ったまま空いている方の手で胸を揉みしだき、尖りを舌でなぞり始めた。舌先がちろちろとくすぐるように動いていたかと思えば、ぱくりと咥えてちゅっと吸われたりと予測不可能な動きに翻弄される。

腰を押し付けられて秘部に集中しそうになると、フレデリクの口付けやブライアンが与える胸への刺激で甘い快感が生まれて、意識が分散される。

「リディ、もう少しだ。ああ、なんて感触なんだ。襞《ひだ》が俺のを歓迎してくれているみたいに、ねっとりとまとわりついてくるよ……このまま独り占め出来たら、どんなにいいことか……」

胸の尖りから舌を離したブライアンが、「駄目だよ」と口を挟む。

「リディはレナルド兄さんの奥さんでもあるけど、オレの奥さんでもあるんだから独り占めは駄目だよ。それにリディが飲んだ媚薬の効果を消すには、一人分以上の精……その一……あれが必要なんでしょ？」

「どうしてそこで変に照れて、言葉を濁すかな。そうだよ。一人分以上の精液が必要だ。この小さくて狭い中をたっぷりと満たしてあげないと……ね」

ぐっと強く腰を押し付けられ、レナルドの欲望がとうとう根元までリディの中に収まった。

「――……っん、んん――……っ！」

痛みはないとはいえ、指とは比べ物にならない異物感と圧迫感が襲ってきて、フレデリクとブライアンに握られた手にぎゅっと力がこもる。

膣道や膣口はレナルドの欲望でみっちりと塞がれ、少しの隙間もない。

「ああ、なんて感触なんだ……まるで天国にでもいるような気分だよ」

レナルドは膣道に自身をなじませるように、奥までずっぽりと挿入したまま腰を左右に揺らす。

「んっ！　んんっ！　……ふ……ぅ……っ……！」

ほんのわずかに出来た隙間から零れた破瓜の証を指で掬い取ったレナルドは、口元を綻ばせてそれをぺろりと舐めた。

「少しでも長くこの感触を味わっていたいけれど、リディに辛い思いをさせるのは嫌だからね。今日はなるべく早く終わらせるようにするよ」

レナルドはリディの膝頭にちゅっと口付けを落とすと、ゆっくりと腰を使い始めた。

「んっ……んんっ……ふ……んんっ……んっんっ……んんん！」

腰の動きに合わせて、フレデリクに奪われた唇の隙間から喘ぎが零れる。

薬が効いて痛みはないものの、内側からの圧迫感がすごい。奥を突かれると、胃が飛び出るのではないかと思うほどだ。

抽挿のたびに指とは比べ物にならない淫らな水音と、肌と肌がぶつかる音が聞こえる。繋ぎ目からは痛み止めの薬が混じった蜜と破瓜の証が溢れ、真っ白なシーツを染めた。

「リディ、辛い思いをさせているね。俺が感じているこの気持ちよさをそっくりそのままキミに与えてあげられたらどんなにいいことか……」

奥まで突かれると自然と声が押し出され、フレデリクとブライアンに握られた手に更に力が入り、爪を立ててしまう。

かなり食い込んでいるのに、二人は声をあげるどころか、顔を歪める気配すらない。リディを愛撫するのに夢中で、全く気付いていない様子だ。

未知の経験にとろけた舌が引きつると、フレデリクが緊張を解すようにその舌をちゅっと吸う。

「んん……っ……！」

「何度か経験を重ねれば、ここを擦られるのも気持ちよくなれるはずだ。俺が何度も愛して、必ずここが敏感になるよう開花させてあげるよ」

レナルドを受け入れている秘部からぐちゅっ、じゅっ、じゅっ、と蜜を激しく掻き混ぜられる音が聞こえる。

フレデリクに奪われている唇からは、ちゅっ、ちゅっ、と吸う音や、唾液で溢れた咥内で舌と舌が擦れ合ってくちゅくちゅという音が聞こえる。

ブライアンに可愛がられている胸からは、先端に吸い付く唇の音や、溢れた唾液をすすりながら先端をしゃぶる音が聞こえてくる。

どれもとても近いのに、どこか遠くから聞こえているようで——頭の中が真っ白になっていく。

最奥に当たるたびに喉から胃が飛び出そうになるものの、激しく疼いていたお腹の奥がレナルドの欲望に突かれることによって揺さぶられて刺激され、どう受け止めていいのかわからないほどの快感が襲ってくる。

待ち望んでいたはずなのに、どうしていいのかわからない。

お腹が苦しい。胃が飛び出てしまいそうなほど圧迫されて苦しい。でも、もっともっとそこを揺さぶって欲しい。

誘うように腰が揺れると、レナルドの腰の動きがだんだんと激しくなっていく。

もっと、もっと、もっと――もっと揺さぶって欲しい。もっと気持ちよくなりたい。

ああ、なんて淫らな欲求を抱いているのだろう。

フレデリクに口を塞いで貰っていてよかった。彼に口付けされていなければ、きっと淫らな言葉を口にしていたに違いない。

「んっ……んんっ……ふ……っ……んんっ……んぅ――……!」

宙で揺れる足の先から、また快感の波が押し上げてきていた。

また、きちゃう……！

「ン……っ……んん――……っ！」

再び足元からやってきた絶頂の波が一瞬のうちにリディの頭の天辺まで通り抜け、レナルドの欲望を一際強く締め付けた。

「……んっ……はぁ……搾《しぼ》り取られてしまいそうだ……リディ、達ったのかな？　よかった。キミが他の男の愛撫に感じるのは正直嫉妬してしまうけれど、辛い思いばかりさせるのは嫌だからね。気持ちよくなってくれて嬉しいよ」

レナルドは切なげな息を吐きながらも嬉しそうに瞳を細め、リディの膝頭に熱い唇を押し付ける。

「俺も、もう達きそうだ……リディ、キミの奥で俺の愛をたっぷりと受け止めて……」

何も知らなかったリディの膣道に己の分身を激しく打ち付け、最奥に膨れ上がった切っ先をぐりぐりと擦り付けながら、熱い欲望を放った。

「——……っ……んぅ……っ！」

中で、どく、どく、とレナルドの欲望が脈打ち、熱いモノで満たされていくのがわかる。どんなに達しても激しく疼いていたお腹の奥が、彼の欲望を浴びせられたことで、わずかではあったけれど治まった気がした。男性の精液を体内に取り入れないと治まらない媚薬だというのは、本当だったらしい。

精を放っても硬さを保つ欲望をレナルドが引き抜くと、わずかに治まったと思っていたお腹の奥の疼きがまた激しくなる。やはり一人分の精液では足りないようだ。

「んっ……んっ……ふ……」

鼻からの呼吸だけでは苦しくて、フレデリクに握られた手を上下に動かしながら、首を左右に振る。

「リディ？」

リディの変化に気付いたフレデリクは、唇と手を離そうとする。

「はぁ……はぁ……い、き……苦しくて……あっ……ま、待って……手は、離しちゃ……いや……フレデリク様、離しちゃいや、です……」

大きな手に包み込まれているのは、とても安心感がある。離して欲しくない。離されたら心細い。

媚薬の疼き、そして何度も訪れた絶頂に理性がとろかされ、欲求が剝き出しになっていたリディは、いつもなら絶対に出来そうにないおねだりを口にしていた。

フレデリクは目を丸くし、口元を柔らかく綻ばせる。

「ああ、離さないよ。しっかり握っているから、安心していい」

またぎゅっと強く握られると、ようやく安堵出来た。

「はあ……なんて可愛いんだろう……リディ、もう一度キミを愛したくて堪らないよ……」

「二度も順番を譲ると思ったら大間違いだ」

フレデリクは空いている方の手で、レナルドの高い鼻をむぎゅっと抓む。

「ああ、やっぱり？」

「リディ、オレは？　オレは手、離してもいい？」

自分も求めて貰いたいらしいブライアンが、リディと繋いだ手を開いたり握ったりしながら、少し拗《す》ねた口調で尋ねる。「離してもいい」と言ったとしても、彼はリディの手を離すつもりはなかった。

「や……いや……ブライアン様、離しちゃいや……意地悪しないで……」

リディは首を左右に振って、離されないように……と、ブライアンの手に力を込めて、思わず裸であることも忘れて彼の手を胸元に持っていく。

ブライアンの手は豊かな胸の間に挟まれ、とても扇情的な光景となった。彼は喉仏を上下に動かしながら溢れた唾液を飲み下す。レナルドはその様子を見て、乱れた髪を耳にかけながら唇の端を吊り上げた。

「兄さん、やはり二度目も譲ることになりそうだよ」

「だからもう譲らないと言っているだろう」

「童貞のブライアンがあまりにも可愛いリディの姿にやられて、トラウザーズの中で射精しそうになっているよ。普段なら放っておくところだけれど、リディを治めるには大量の精液が必要なんだ。今は一度分でも勿体《もったい》ないいんじゃないかな?」

「えっ！　ちょっ……レナルド兄さん、何を言ってるのさ！　そんなわけ……」

ブライアンは耳どころかリディの胸の間に挟まった手まで赤くし、反論しようとするもののレナルドはそれを許さない。

「へえ？　じゃあ、リディ？　今、その柔らかい胸に挟めている世界中の男に嫉妬されそうなほど羨ましいブライアンの手を離して、ブライアンの股間をほんの少し突いてごらん」

「えっ！」

ブライアンがぎくりと身体を引きつらせる。しかしリディがそのようなことをするとは思っていないのだろう。すぐに持ち直した。

「つ、突かれても、なんともないよ」

「そう、なら問題ないね。リディ、突いてやって」

「ん……つつく？」

「ああ、そうだよ。突いてごらん。なんなら軽く握ってやってくれる？」

普段ならしないところだけれど、今のリディは媚薬が身体に回り、何度も絶頂に達し、意識が朦朧《もうろう》として正気ではない。股間に触れるのが恥ずかしいということすら、すっかり頭から抜けていた。

ブライアンの手を離すのは嫌だったけれど、またすぐに握り直せばいいし、握らせて貰えなかったとしても彼の身体に触れられていることには変わりない。

レナルドに言われた通りブライアンの手を離そうとするけれど、ブライアンはぎゅっと握って股間への接触を必死に阻む。

「だ、だめだめ！　リディの手に触られたら、もう絶対持たないっ！　出る！」

「ほら、ね？　ここは可愛い弟である童貞ブライアンに順番を譲ってあげるというのが、兄としての務めではないかな？」

あれ？　触らなくていいの？

よくわからないけれど、少し痛いぐらいに手を摑まれているのが心地いい。落ち着く。

「色々と納得がいかないし、普段なら却下しているところだが、今は一滴でも勿体ない。ブライアンに譲ろう」

「よかったじゃないか。童貞ブライアン。この出来た兄を褒めて欲しいね。ああ、出来た兄というのはフレデリク兄さんではなく、この俺だよ」

「ちょっと待って！　童……って、なんで名前みたいになってるの！」

「童貞はもう名前の一部みたいなものだろう？」

「一部じゃないよ！　……じゃあ、け、経験した後はどう呼ぶつもりさっ！」

「うーん、そうだね。『童貞じゃなくなったけれど、経験がまだまだ足りない未熟者のブライアン』かな？」

「何それっ！　もう、リディの前で恥ずかしいことばっかり言うの止めてよっ！　嫌われたらどうするのさ！」

ブライアンが怒るのも気にせず、レナルドは「『童貞じゃなくなって一人前の男になったつもりになり、しばらく浮《うわ》つくブライアン』の方がいいか」と笑う。

「レナルド、いい加減にしないか」

フレデリクが口を挟んだことで、ブライアンが期待に満ちた目を向ける。

「そうだよねっ！　フレデリク兄さんからも言ってやっ……」

「そんな長い名前があるか。呼び辛いにもほどがある」

「えええええっ!?　そこを注意して貰いたかったわけじゃないよ！　もう、リディに嫌われたら責任取ってもらうからね!?」

頭がぼんやりして、リディは三王子の会話の内容を理解することは出来ない。でも、とても温かく感じる。

幼い頃、夕食と入浴を終えた一日の終わり、兄と一緒に両親の部屋へ押し掛け、たわいのない話をして過ごすのが日課だった。

小さいリディは遅くまで起きていることが出来なくて、いつも途中で寝てしまう。嫌だ。もっと話していたいと悔しい思いをしていたけれど、両親と兄の会話を聞きながら眠るのはとても気持ちがよくて、温かくて、愛おしくて、ずっと聞いていたいと思った。

三王子の会話をぼんやりした頭で聞いているのは、その時感じたものとどこか似ている――。

「……っ……ん……ぁ……っ……」

ずっと聞いていたい。

でも、お腹の奥の疼きが、それを許してくれなかった。早く刺激が欲しいと叫び出しているみたいで、腰が誘うように揺れる。

「リディ、遅くなってごめんね。今、楽にしてあげるから」

ブライアンはリディの手を握ったまま、空いている方の手でいきり立った自身を取り出した。

今にも破裂しそうなほどぱんぱんに膨らんでいた欲望の頂点からは、透明な蜜が玉になって浮いていて、取り出した衝撃でたらりと垂れた。

ぱくぱくと収縮を繰り返す膣口に膨らんだ先を宛てがわれると、お腹の奥が早く欲しいとより激しさを増して疼き出す。

「リディ、入れた瞬間に射精したらすまないね。ブライアンは童貞だから許してやってくれ。童貞だから」

レナルドはリディの耳や頬に口付けを落とし、秘部に手を伸ばして敏感な蕾を中指の腹で撫で転がす。

「もう、レナルド兄さん！　何度も言わないでよ！」

「実際のところ、大丈夫そうなのか？」

フレデリクはリディの胸を揉み、指と唇で刺激しながらブライアンに問いかける。

「……正直なところ、さっきまでは危うかったけど、今までの会話でちょっと持ち直した。……リディ、入れるね。上手く出来るかどうかはわからないけど、オレ、頑張るから」

ブライアンは恐る恐るといった様子で、小さな膣口に欲望を埋めていく。

「ン……ぁ……っ……」

太い欲望がどんどん奥を目指してくるたびに、肌がぞくぞくと粟立つ。

また、お腹の奥が苦しくなっているのに、早く、早く奥まで満たして欲しい。

「ン……っ……何、これ……熱くて、絡み付いてきて……っ……気持ち、よすぎるよ……」

奥まで入れたところでブライアンは動きを止め、熱い息を吐いた。彼の欲望が中でびくびく脈打っているのがわかる。

お腹の中がいっぱいですごく苦しいし、やはり身体の中に自分以外のものがあるという大きな違和感が襲ってくる。

苦しいし、違和感がすごいのに、でも、早く、突いて欲しくて堪らない。

たくさん突いて、揺さぶって、一番奥に熱い飛沫《しぶき》をたっぷりとかけて欲しい――。

「……っ……ん……ぅっ……」

欲しくて、欲しくて、玩具を取り上げられた子供のように泣きじゃくってしまいそうになる。

「ブライアン、どうした？　まさか、もう出たのか？」

フレデリクはリディの胸の先端を舐め転がしながら、神妙な顔で固まるブライアンに視線を向ける。

「い、いや、違うっ！」

「おや、では、腰を振る要領がわからないのかな？　全く、仕方がない弟だね。手拍子してあげるから、その合図で振るといいよ」

「そうでもなくて！　って、それ、実際にやったらすごく間抜けだよ。……出そうになったけど、出てない。でも正直、動いたら危なそうだったから……止まってた、だけ……」

早く動いて欲しくて、腰が勝手に動いてしまう。

「……っ……ン……やぁ……とめちゃ……いやぁ……っ……」

左右に揺らすと先端がわずかに一番奥に擦れて刺激が生まれ、同時にフレデリクの舌が芯が出来たように硬くなった胸の先端をヌルヌルと転がし、レナルドの指が敏感な蕾をぷりぷりと撫でる刺激も相まって、ブライアンの欲望を受け入れている中が激しく収縮を繰り返す。

「あっ……！　リ、リディ、だめだよ……そんな、締め付け……たらっ……も……っ……」

「リディの中は良過ぎるからね。童貞のブライアンには辛くて当然じゃないかな？」

「まあ、出たら出たで、媚薬の効能が弱まるわけだから結果的には良いわけだが……」

「ああ、そうだね。でもリディの心には、一生『ブライアンは早漏』って記憶が刻まれるだろうね。……早い男は嫌われるよ？」

兄たちに追い打ちをかけられ、身体は初めて訪れる快感でとろけそうになりながらも、頭の中は焦りでいっぱいになっているようだ。

「嫌われ……っ!?　嫌だよっ！　リディ、オレ、出来るだけ早くならないように、頑張るから……」

ブライアンは深呼吸をし、ゆっくりと抽挿を始めた。

「……っ……ぁ……あぁ……っ……」

恐る恐るといった様子で腰を引き、また深くまで押し込む。たっぷりの重量でごつ、ごつ、とゆっくり奥を突かれるたび、頭の中に火花が弾けるみたいだ。

彼と繋いだままの手がお互いの汗で濡れ、滑ってしまいそうになりながらも必死で握る。

もっと、もっと、疼いて辛い奥を激しく突いて、揺さぶって欲しい。

「すごい……リディ、こんな……オレのに、絡んで……」

「ン……っ……お、奥……が……」

「奥？　あっ……ごめんっ！　痛かった？　奥突きすぎちゃった、かな？」

慌てたブライアンは奥に当たらないように、腰を引く。疼く場所から刺激を失ったリディは、思わず泣きそうになってしまう。

「や……いやっ……違うの……奥……っ……奥……いっぱい、ごつごつ……して欲しいの……っ」

ああ、なんてはしたないことをおねだりしているのだろう。

でも、止められない。恥ずかしいのに、喘ぎと一緒で、勝手に口から飛び出てしまう。

ブライアンの瞳が、熱く揺れる。

「可愛い……リディ、奥がいいんだね。オレも、リディの奥をごつごつするの……すごく気持ちいい。今、すぐにいっぱい突いてあげるからね」

初めはぎこちなかった腰の動きは、何度か突くうちに自然なものとなった。奥まで突かれると疼きすぎているお腹の奥が、待ち望んでいた快感で震える。

「ぁんっ……あっ……んんっ……あっ……あっ……ンっ……んんっ……！」

抽挿がだんだんと激しくなり、繋ぎ目からは掻き混ぜられて白く泡立った蜜と、先ほどレナルドが出した濃厚な精液が溢れていた。

ブライアンの抽挿の動きと対抗するように、フレデリクとレナルドの愛撫も激しくなっていく。敏感になりすぎているリディはあっという間に絶頂を迎え、嬌声《きょうせい》をあげながらブライアンのぱんぱんに張りつめた欲望を締め付ける。

「あっ……そ、そんな……締め付けちゃ……――……っ……く……――あぁ……っ」

すでに限界を迎えそうなのをなんとか堪《こら》えていたブライアンの欲望は、リディが絶頂に達するのとほぼ同時に弾け、激しく脈打ちながら熱い欲望を放った。

「リディ……オレので達ってくれたの？　嬉しい。ああ、気持ちいいよ……こんなの、どうにかなっちゃいそうだ……」

ブライアンはとろけた瞳で絶頂の余韻で痺れているリディを見つめ、苦しそうに呼吸を繰り返す赤い唇に唇を重ねた。

「ン……ぅ……っ……」

弾けた飛沫によってお腹の奥の疼きはやや治まったように感じたが、また激しい疼きがリディを襲う。

「リディ、やはりまだ治まらないか？」

リディの様子にいち早く気付いたフレデリクが、ブライアンに唇を奪われたままの彼女に尋ねる。

口付けにとろけながらも頷くと、ブライアンが名残惜しいといった様子で唇を離し、リディから自身を引き抜いた。

小さなリディの中はすでにレナルドとブライアンのものでいっぱいになっていて、少し動くと零れてしまいそうだ。

リディの手を握りながら、ブライアンと位置を交代してリディの足と足の間に入ったフレデリクは、たっぷりと欲望で満たされたリディの膣口をじっと見つめる。

「あっ……い、いや……っ」

絶頂の余韻と媚薬の効能に浮かされながらも、そんなところをじっと見ないで欲しいと羞恥が訪れる。

それ以上見られないようにと腰をよじらせると奥から欲望が溢れ出し、お尻の窄まりまで垂れてしまう。

「……っ……ン……！」

生ぬるくて、むず痒くて、それすらも刺激に変わる。刺激に耐えていたら、レナルドがより見えやすくするように、花びらをくぱりと広げた。

「あっ……！　や、やだ……そんな……っ……」

握っていたフレデリクの手を離して秘部を覆うように隠すと、手の平で敏感な蕾が擦れて刺激が生まれ、ぶるっと震えた。

「掻き出したい？」

レナルドがニヤリと笑い、挑戦的な口調で尋ねる。

「普段ならな。でも今は満たせば満たすほどいいのだから、掻き出すわけにもこれ以上零すわけにもいかない。リディ、失礼するよ」

フレデリクは膝立ちし、自由になった両手でリディの足を大きく持ち上げた。

「きゃっ……ぁっ……!?」

お尻が持ち上がるほど足を上げられたリディは、後ろの窄まりまで三王子に曝《さら》け出すこととなってしまう。手を伸ばしても膣口を押さえることが限界で、そこまでは隠せない。

「こうすれば極力垂れないで済む。リディ、辛いかな？　苦しい？」

リディは首を左右に振る。

「では、問題ないようだ」

それよりも恥ずかしいと伝えたいのに、秘部を隠している親指と人差し指の間をフレデリクが欲望でこじ開け、膣口に宛てがった。

「あっ……！」

熱くて、しっとりしていて、とても大きくて、リディは弾かれるように手を離し、自身の秘部を曝け出した。

とても大きなモノが自分の中に入ってきていることはわかっていた。でも、こんなにも大きかったとは思わなかった。

「……リディって、肛門まで綺麗なんだね。窄めた唇みたいだ」

絶頂の余韻で頭がとろけそうになっているブライアンが、繋いだリディの手を自身の口元に持って行って口付けを落としながら呟くものだから、ますます恥ずかしい。

「そうだね。キスしたいね」

レナルドが同意する上にとんでもないことを言い出し、リディは本当にキスされてしまうのではないかと気が気ではない。

しかしフレデリクが体重をかけ、リディのたっぷり濡れた膣口を欲望で押し広げていくので、何も考えられなくなってしまう。

彼が奥に進んでくるたび、感覚がなかった中がじんじんして、とても熱くなってきていた。

「ぁ……っ……な、中……熱い……」

「熱い？　もしかして、痛み止めの効能が切れてきているのか？」

「ああ、あれからかなり時間も経ってるし、たっぷりと精液も放ったからね。切れてもおかしくないだろうね」

レナルドはリディをあやすように頭を撫で、同時に花びらの上にある敏感な蕾も撫でる。

とても熱くて、だんだんと鈍痛が訪れて、それと同時に別の感覚もやってきたことにリディは気付く。

奥を目指していたフレデリクの膨らみが当たっているところ――指一本分の長さの場所で止まってリディの膣壁を押している場所が――気持ちがいい。

な、に……？

膣壁が締まるたびにフレデリクの膨らみに当たって、刺激が伝わってくる。

とても好《よ》くて息を乱しながら快感に震えていると、それを痛みだと勘違いしたフレデリクが咄嗟に引き抜こうとした。

「や……っ……ぬ、いちゃ……やっ……」

「しかし、痛いのだろう？　もう一度痛み止めの薬を……」

リディは慌ててぶるぶると首を左右に振り、引き抜かないで欲しいと懇願する。

薬がどんどん切れてきて、今まで感じたことのないような痛みがきている。でも、痛くても……それを我慢してでも、この刺激が欲しい。もっと奥にも欲しい。

もっと、もっと――。

ああ、この欲求に底などあるのだろうか。

「もしかして、中が気持ちいいのかな？」

レナルドは敏感な蕾を指の腹でくりくりと転がし、呼吸で激しく上下するたびに揺れる胸を揉みしだきながら尋ねる。

「ン……っ……ちょ、ちょっと痛くて、でも……でもでも……気持ち……いっ……ぁんっ……き、気持ちいいの……やめちゃ……や、ぁ……っ」

空いている手が、不安で仕方がない。リディは自分に覆い被さるフレデリクの背中に、その手を回し、彼のシャツをぎゅっと掴む。

フレデリクの海のように青い瞳に、激しい熱が宿る。

「辛くなったら、すぐに言いなさい」

熱くてどうにかなりそうな頭をなんとか頷かせると、フレデリクが体重をかけてきた。

「んっ……あぁ……」

抜かれそうになった欲望が、リディの中を突き進んでくる。

「あ……あぁ……っ……」

満たされていく――。

フレデリクの欲望が少しずつ進んでくるたびに膣襞が悦ぶようにひくひくと震え、奥まで満たされると、リディのとろけた金色の瞳からは歓喜の涙が零れた。

「リディ、泣かないで」

ブライアンが幼い子をあやすように、リディの髪を優しく撫でる。

決して悲しいからでも、恥ずかしいからでもない。暑いと汗が出るように、その涙も生理的なものだった。

気持ちよくて、とけてしまいそうで、涙が次から次へと溢れるのだ。

「……っ……はぁ……」

全てを収めたフレデリクが苦しそうに息を吐きながら抽挿を繰り返す。それを見たレナルドは、眦に溜まったリディの涙を唇で拭い、くすっと笑う。

「おや、兄さんもすでに発射の危機かな？　ブライアンのことを笑っていられないね」

「その長ったらしい髪を丸坊主にされたいのか？」

フレデリクはリディから視線を移さないまま、低い声でレナルドを威圧する。しかし軽口を叩いたレナルドは全く気にしていない様子だ。

「ブライアンは少々大げさだと思っていたが、これは……すごい、な……油断すると、思うがままに腰を振りそうになる」

レナルドやブライアンには聞こえないように、それどころか一番近くにいるリディにすら聞こえないような小さな声で、ぽつりと呟いた。

フレデリクはリディが痛がっていないか注意深く観察しながら、ゆっくりと腰を動かしていく。

「ぁっ……あぁんっ……！　あっ……ぁんんっ……！」

彼の欲望が奥を突くたびにお腹の奥が痺れて、ずっと引かれると喪失感でぞくぞくと肌が粟立つ。

膣道をたっぷり満たしている精液とリディの蜜がフレデリクの欲望で掻き混ぜられ、じゅぶじゅぶと淫らな音を立てて溢れ出す。

時間が経つごとに痛みがだんだん出てきた。中が燃えそうなほど熱い。

でも、この快感を受けられるのならどんなに痛くてもいい。どんなに熱くてもいい。そう思えるほどの甘美な快感がリディを包んでいた。

「リディ、辛くて耐えられないと思ったら、私の背中を思いきり引っ掻いてくれ」

「……っ……はぁ……はぁ……んっ……どうして……ン……んぅ――……っ」

言葉に出せばいいのに、なぜ引っ掻かないといけないのだろう。そう思っていたら、唇を重ねられ、リディはフレデリクの言葉の意味を悟った。

唇を塞がれては、言えないからだ。

フレデリクの柔らかな唇は、喘ぎ声や吐息ごと呑み込んで甘い快感を与えた。

レナルドは興奮でピンク色に染まる胸を揉みしだきながら、花びらの間にある敏感な蕾を指の腹で転がす。

ブライアンは柔らかな銀色の髪を優しく撫で、リディの耳をしっとりした唇でなぞる。

三王子から同時に与えられる刺激に、舌がとろけて、身体もとろけて、骨さえもとろけていくみたいだ。

あっという間に絶頂に押し上げられたリディは、フレデリクの欲望をぎゅうぎゅうに締め付ける。

「……っ……ん……っ……く……」

巧みに動いていたフレデリクの舌が一瞬止まって苦しそうな息を漏らすが、抽挿は止まらなかった。

絶頂で震えるリディの膣道に己を刻みつけるように、激しく抽挿を繰り返す。

「んっ……んんっ……ふ……んんっ……んっ……んん……っ……！」

今、動いてはだめ……！

絶頂の余韻で敏感になりすぎているリディの身体は、刺激を強すぎるほど受け止めてしまう。

抽挿の間にリディはまた何度か達し、やがてフレデリクは最奥に自身をぐりぐりと押し付けながら欲望を放った。

リディが飲んだ媚薬の効能をようやく消すことが出来たのは、日が昇り始めてのことだった。

終わる頃には意識を保っていられなくなったリディは、三王子がバスルームで自分の身を綺麗に清めてくれたことも、隣に誰が寝るかを争い、最終的にはチェスで勝負し、勝負が付く頃にはもう三王子たちが起床しなくてはいけなくなったということも知らない。

第三章　抜け駆け禁止・合言葉は四人一緒

三王子の精液によって媚薬の効能が治まったリディは、昨夜の淫らに乱れた自分を思い出し、湯気が出るのではないかと思うほど顔を熱くしていた。

リディがようやく起きたのはお昼が近付いた頃で、三王子は当然すでに起床し、ベッドにはいなかった。

昼食を兼ねた朝食を済ませたリディは、エマに手伝って貰い入浴を済ませた後、一人になれる場所を探して庭を彷徨っていた。

三王子に気を失うほど求められたリディの体力は、昼前まで寝てもまだ回復していないようで、起きたばかりだというのにそのまま横になって眠りたいという欲求でいっぱいだった。

しかしベッドに横になれば、昨日の情事を思い出してしまう。ソファで横になろうとしても、ベッドが視界に入ってくればやはり思い出す。

わ、私、なんてことを……。

淫らな喘ぎ声、いやらしいおねだり——記憶が曖昧《あいまい》なところもあるけれど、ほとんどのことを覚えている。

今夜も三王子はこの部屋に来るのだろうか。いや、部屋にいたら、夜ではなくても来る機会があるかもしれない。

ああ、顔が熱い。あんな乱れ方をしておいて、一体どんな顔をして彼らに会えばいいのだろう。

リディは日傘も持たず、彼らに会わない場所はないかと衝動的に部屋を出た。

◆◇◆

「しまったわ……」

城の中は広い。

来たばかりのリディが迷わないはずもなく、迷いに迷ってようやく辿り着いたのは、昨日レナルドとブライアンに案内され、フレデリクに出会った庭だった。

偶然フレデリクがいた場所だ。いつまた彼が現れてもおかしくない。ここへ案内してくれたレナルドとブライアンもそうだ。

部屋よりも三王子に会う確率が高い場所と言えるだろう。ここからなら部屋への帰り方はわかる。なるべく目立たない場所を通って部屋に一度帰って、もう一度どこか隠れられそうな場所を探そう。

それにしても、下半身に違和感があって気になる。

まだ何かが挟まっているような感じがするのに加え、普段はしない体勢をしたからだろうか。歩くたびに足の付け根がぎしぎし軋んでいるように鳴っていた。

下半身に違和感を持ちながら木陰を通って部屋を目指していると、何かに躓いて転んでしまった。

「ぐふっ⁉」

痛みを覚悟したはずなのに、そこまで痛くはない。というか地面はこんなに柔らかかっただろうか。しかも温かい。太陽の光で地面が温まった？　いや、でもここは日陰だ。それに何か変な声が聞こえたような……。

「けほっ……けほっ……え、リディ？」

「えっ⁉」

咄嗟に瞑った目を開けると、ブライアンを下敷きにしていることに気付いた。しかもお腹の上だ。

「きゃあああっ！　ご、ごめんなさい！　大丈夫⁉　本当にごめんなさい！　怪我は⁉」

リディが慌てて身体を起こすと、ブライアンもむくりと上半身を起こす。

「落ち着いて、大丈夫だよ。こんなところで寝てたオレが悪いんだ。というか本当に悪いんだ。今、リディが躓いたのは、オレの足だよ。それよりもリディに怪我はない？」

「私は大丈夫。それよりも寝ていたって、どこか具合が悪いの？　大丈夫？」

「いや、ただ眠たかっただけ。昨日はあんまり寝られなかったから、ついこんなところでうたた寝しちゃったよ」

「あっ……」

眠れなかった理由、それはリディが飲んだ媚薬の効能を消すため、朝方まで情事にふけっていたせいだろうか。

真っ赤になったリディの顔を見て、ブライアンも彼女に負けないくらい頬を赤くした。お互い目を合わせられない。しかしお互い視線を避けているのでそのことには気付いていない。

「い、いや、違うんだ。寝られなかったってそういう意味じゃなくて、リディが寝た後にチェスをすることになって、それで寝不足になったわけで……」

「そ、そうだったのね」

情事のせいで寝不足になっていたかと思いきや、とんだ勘違いだった。自分から昨日のことを持ち出す形となったリディは恥ずかしさの極致に辿り着き、今すぐ逃げ出したくなる。

「あ、の……さ。身体は、大丈夫？」

「えっ!?」

情事の後だから、気遣ってくれているのだろうか。いや、でもつい先ほどの例もある。早とちりして何か言うと、また恥ずかしいことになってしまう。

「か、身体って……なんのことで……」

あ、今転んだことを気にしてくれているのだろうか。いや、でも大丈夫だと言ったばかりだ。

「その、初めてなのに三人でだったし、何回もしたから……具合が悪くなってないかなって……」

やっぱり情事のことだったらしい。

「えっ……あっ……そ、れは……そ、その……っ」

まだ挟まっているような感じがする。

足の付け根がぎしぎしいっているような感じがする。

……どれも言えるわけがない。

なんて言ったらいいかわからなくて、リディは真っ赤な顔で口を開いたり閉じたりを繰り返す。

「あ！　ご、ごめん！　本当にごめん！　変な意味じゃなくて、純粋な意味で聞いただけで……とにかくごめん……！　今の質問は聞かなかったことにして。オレ、いつも配慮が足りないってレナルド兄さんから言われるんだけど、本当にそうだ。ごめん……怒らせちゃった、かな？」

「えっ！　いえ！　そんなことないわ！　私こそ、その……っ」

ブライアンの顔を見ないように避けていたリディだったけれど、やっぱりどんな反応をしているか気になる。

恐る恐るブライアンの方に視線を移すと、彼も同じことを考えていたらしい。ばちっと目が合った。

「……っ⁉」

「あっ！　いや、その……」

お互いあまりにも顔が赤いものだから、どちらからともなく笑ってしまう。緊張で強張っていた身体から力が抜けて、恥ずかしさも少し和らいだ。

「えっと、心配してくれてありがとう。怒ってなんていないわ。ただ、恥ずかしくて……その、大丈夫……！　だから、心配しないで」

「そ、そっか、よかった。あ、よかったって言ったら、変かもしれないけど……」

「あの、昨日は迷惑をかけて、本当にごめんなさい。ワインに薬が混じっていたのに全然気が付かなくて……」

「リディが悪いんじゃないよ！　レナルド兄さんから聞いたんだけど、あの薬は無味無臭だからね。わかるはずがないんだよ」

これから初夜を迎えるという緊張で、薬の味に気付かなかったのかと思っていた。でも、原因はそうではなかったようだ。

味もわからないなんてと自分のふがいなさにがっかりしていたけれど、少し気持ちが楽になった気がする。

「ありがとう。ブライアン様」

なぜお礼を言われるかいまいちわかっていないブライアンは、きょとんとして目を丸くするものの、

「え、なんでお礼？　わかんないけど、オレもありがと」

へへっと照れ笑いするブライアンの笑顔は、太陽のように明るくて、風のように爽やかだ。リディもつられて笑うと、彼が「そういえば」と言葉を続けた。

「オレに敬称はいらないよ。同じ歳だし、なんかむず痒い。普通にブライアンって呼んで。オレもリディって呼ぶし。……というか、呼んでるし。ね？」

「ええ、わかったわ。じゃあ、改めてよろしくね、ブライアン」

「うん、よろしく」

ブライアンの赤い髪に、葉がくっ付いているのに気付いた。寝転んでいたからくっ付いたのだろう。

「どうかした？」

「ブライアン、少しじっとしていて」

「えっ⁉　あっ……う、うん……！」

ブライアンに近付いて手を伸ばすと、彼がぎゅっと目を瞑る。目を瞑る必要は一切ない

のだけど、リディは目的通りブライアンの髪から葉を取り除き、彼から離れる。

「はい、取れたわ」

「え？　あ……」

ぱちっと目を開けたブライアンはリディの持っている葉を見て、じっとしていて欲しい理由に気付いた。

「どうしたの？」

「キス、して貰えるのかなって思って……ちょっと期待しちゃって……って何言ってるんだろオレ！　ご、ごめん、忘れて……！」

「へっ⁉　えっ……あ、あの……」

ただでさえ真っ赤に染まっていたリディの顔が、ますます赤くなる。髪に隠れてわからないけれど、耳まで真っ赤になっていた。

そんなリディの様子は、ブライアンの瞳に熱を灯す。

「……ごめん。やっぱり、忘れないで。オレ、リディにキスしたい。してもいい？」

「えっ……！」

動揺したリディの手から、葉が落ちる。ブライアンはその手を摑むと、昨日みたいにぎゅっと握ってきた。

力強くて、とても熱い。

ブライアンの綺麗な顔が近付いてきて、ちゅっと重ねられた。

「ン……っ！」

ちゅ、ちゅ、と唇の感触を楽しむように啄まれると、くすぐったくて小さく声が漏れてしまう。

こうして唇を重ねるのって、なんて気持ちがいいのだろう。

ふにふにしていて、温かくて、なんだか胸の中がぽかぽかしてくる。

深い口付けは頭が真っ白になって何もかも考えられなくなるけれど、こうして唇と唇をくっ付け合う口付けは好きだと感じた。

唇の感触に心地よさを感じて吐息を零すと、長い舌が侵入してくる。

「んっ……！　ン……ぅ……っ」

ブライアンの舌遣いはとても巧みで、昨日がファーストキスだったなんて思えない。同じく初めてだったリディはこんなにもぎこちないというのに……。

情熱的なキスですっかりとろけてしまったリディは、座っている力すらも抜けて、そのまま後ろに倒れた。

ブライアンはリディの上に覆い被さり、また深く唇を奪う。

草の香りと、ブライアンの優しい香りが鼻腔をくすぐり、爽やかな風に口付けで火照った身体を撫でられるのが心地いい。

葉と葉が擦れる音と一緒に、唇と唇を合わせる音が聞こえて背徳感を覚える。

外でこんな淫らな口付けをするなんて——。

誰かに見られでもしたらどうしようと思っているのに、気持ちいいと感じてしまう。また お腹の奥が熱くなり出して、昨日三王子に可愛がられた全ての場所が疼き出す。

な、に……？

まさか、昨日の媚薬が残っているのだろうか。いや、でも口付けするまでは普通だった。もしやブライアンが口移しで何か飲ませたのだろうか。無味無臭だと言っていたし、出来ないことはない。

——何を考えているの？　人を疑うなんて、いけないことだわ。

自身の抱いた考えを心の中で叱咤《しった》するけれど、でもお腹の奥がますます疼き出して、それしか考えられない。

これ以上注がれては、また大変なことになってしまう。

巧みな口付けにとろけ、この心地よさに身を任せたい欲求に流されそうになりながらも、なんとか理性を奮い立たせて、ブライアンの胸板を押した。

「ご、ごめん。オレ、止まらなくて……」

「ブライアン、あの、気を悪くしないで欲しいんだけど、キ、キスの時……に」

媚薬を飲ませた？　と聞くよりも早く、ブライアンがぎくりと身体を引きつらせ、この世の終わりを目の当たりにしたような表情をする。

「……あ……ご、ごめん。下手だった？　やっぱり経験不足が敗因かな……」

「へ!?　ち、違うの！　そういうのじゃなくて、その、今私に、あの媚薬を飲ませたんじゃないかと思って……」

「オレが？　飲ませてないよ」

「ほ、本当に？　本当に本当？」

ブライアンは嘘を吐くような人に見えない。でも、現に身体に異変が起きているのだ。

これはやはり飲まされただろう。そうとしか思えない。

「本当だよ。どうしたの？」

「そ、そんなわけないわ。だって、昨日みたいに、身体がおかしいのよ？」

この世の終わりを目の当たりにしたかのような顔をしていたブライアンの表情が、なぜか一気に明るくなる。

「本当に飲ませてないよ。それなのに昨日と同じくなるってことは、その、オレのキスに感じてくれたってこと？」

ブライアンのエメラルド色の瞳は綺麗に澄んでいて、嘘を言っているようには見えない。

媚薬を飲まされていないということは、ブライアンが言っていたように、彼のキスに感じたから？

しかもそれを自己申告してしまうなんて……！

リディが恥ずかしくて何も言えずに顔を逸らしていると、ブライアンが首筋に口付けを落としてくる。

「あ……っ……ン……！　ブ、ブライアン、だめ……っ……」

「ごめん、リディが可愛くて、止められない。もう少しだけ、触れさせて」

くすぐったくてびくびく身悶えすると、ブライアンの手がコルセットの上から胸を揉んだ。

「ン……っ！」

ドレスとコルセット越しに、じれったい感覚がわずかに伝わってきた。胸の先端の辺りを突かれると、直接触って欲しいという欲求が湧き上がってくる。

外なのに、なんてことを考えているのだろう。

「あれ、硬い。昨日はあんなに柔らかかったのに……」

「……そ、それは、コルセット、してるから……」

「あっ！　そっか、そうだよね。……外して、触ってもいい？」

「えっ！　そんなの、だめっ！　そ、外だもの……っ」

〝外だもの……っ〟

咄嗟にそう答えたけれど、これが室内なら？

人目に付かない場所でだとしたら、コルセットを外して直接触れることを許していたのだろうか。

「そうだよね。誰が通るかわからないもんね」

ブライアンの諦めの言葉を聞いて安堵すると同時に、刺激を期待していた身体の奥が、いやだいやだとぐずり出すように疼く。

「じゃあ、少しだけ開《はだ》けさせるのはだめ？」

「だ、だめ……」

「どうしてもだめ？」

ブライアンの必死の懇願に、理性が揺らぐ。

「……ほ、本当に少しだけ？」

理性が揺らいだ瞬間、ついそう尋ねてしまう。するとブライアンの表情がぱぁっと明るくなる。

「うん、少しだけっ！　いい？」

エメラルドのような瞳が、期待できらきらと輝いていた。理性が再び揺らいで、リディは小さく頷く。

ブライアンに押し倒されているこの姿勢では、誰かに見つかった時、いかがわしいことをしているのが丸わかりだ。

誰かが来たらすぐに言い訳が利くように、そしてブライアンの身体に隠れるようにと、リディは身体を起こして大木を背にして座り、その前に彼が座る。遠目に見れば談笑しているように見えるし、近付きそうになったらブライアンの背を盾にしつつ、その間に身だしなみを正すという計算だ。

胸元のボタンを三つほど外すと、コルセットが見える。外では決して見えてはいけないものだ。

ああ、とんでもないことを承諾してしまった。

花の蜜を求める蜂のように、ブライアンはリディの谷間に吸い寄せられて、唇をちゅっと付ける。

「いい香り。ずっと嗅いでたいな」

性的に乳首を起てると、甘い匂いがするからすぐにわかると聞いた。もしかしたらもう起っているのかもしれない。

「や……か、嗅がないで……」

リディにはわからないけれど、そんな恥ずかしい匂いをいい匂いだなんて言わないで欲しい。これ以上嗅がないで欲しい。

高い鼻が、肌に擦れるとくすぐったい。びくびく身悶えしながらくすぐったさに耐えていると、ブライアンの指がコルセットの前ホックにかかる。

少しだけと言っていたから一つ、多くても二つぐらいだろうと思っていたけれど、彼の指は止まらない。三つ目まで外してしまった。

「そ、そんなに外すの？」

「ごめんね。でも、これくらい開けないと、手が入らないから」

大きく開いた胸元から、ブライアンの手が潜り込んでくる。彼の手は念願だった直の胸を包み込み、揉みしだいてきた。

手を動かされるたび、硬い手の平に胸の先端が擦れて甘い刺激が生まれる。

「ぁ……っ……んん……」

「あ……もう、乳首が起ってる。リディ、本当にキスで感じてくれたんだ。嬉しいな……」

ああ、やっぱり起ってしまっていたらしい。だから甘い香りがしたのだろう。

恥ずかしくて何も言えずにいると、ぷくっと盛り上がる乳輪を指の腹で押された。

「ぷにぷにで可愛い感触……乳首は硬いけど、ここは柔らかいんだね」

乳輪をぷにぷに押していたかと思えば、胸の先端を転がされる。彼の手が動くたびにコルセットが持ち上がり、目線を落とすと色付いて硬くなった尖りがちらちら見えた。

周りには誰もいない。でも四方に囲いがない野外では、どうしても誰かに見られている気がして落ち着かない。

もうこれが限界だ。これ以上はいけない。これ以上求められたら、遠目にも何をしているかわかってしまう。

「んっ……ぁ……っ……ブライアン、も……だめっ……」

「もう少しだけ……」

「ぁ……ン……っ！　だ、だめぇ……っ」

いけないとわかっているのに、身体はこれ以上の刺激を求めている。

私の身体、どうしてしまったの？

だめだと言いつつ、止められたら切なくて泣いてしまいそうだ。頭がだんだんぼんやりしてきて力が入らなくなり、自分で体重を支えられなくて木にもたれかかってしまう。

「ね、リディ、舐めてもいい？」

ブライアンの指が、コルセットの前ホックの四つ目にかかった。

「だ、だめ……！　そんなこと、したら……」

今ですらぎりぎり隠れている状態なのに、これ以上外されたら胸がこぼれてしまう。

本気で嫌だと拒めば、声を荒らげて拒否すれば、きっとブライアンは止めてくれるだろう。でも、手に力が入らない。小さな声しか出ない。それは怯えているからではなくて、理性と本能の間で揺れているからだった。

ブライアンの唇から覗く舌を見ていると、昨日の刺激を思い出して、お腹の奥が期待するように疼き出す。

昨日みたいに、して欲しい――。

ああ、なんて淫らなことを考えているのだろう。乙女だった頃は、こんなことを考えたことなんてなかったのに……。

どうしてなの？　私、元々淫らなことに興味があったいやらしい子だったの？

湧き上がってくる欲求に戸惑っていると、少し強めの風が吹いた。髪が舞い上がり、木々がさわさわと音を立てて揺れる。

するとどこからか飛んできた深緑色のリボンが、ブライアンの頭に引っかかった。

「ん？　なんか飛んできた」

「……っ……リボン、だわ。動かないで。また飛んでいっちゃう」

強い風が、ほんの少しだけリディの理性を呼び起こしてくれたみたいだ。

右手で開けた胸を押さえ、左手でブライアンの髪からリボンを取ると、どこからか「ありがとう」と声が聞こえてきた。

「この声って……」

熱を灯していたブライアンの瞳が、水を差されたように冷える。

このリボンの持ち主？　一体どこから聞こえたのだろう。というよりこの格好のままではまずい。

リボンを摑んだまま両手を交差させて胸元を隠すと、隣の木から大きなものが降ってきた。リディは身体をびくっと震わせて驚くが、ブライアンは全く驚いていない。

降ってきたのは、レナルドだった。木の上にいたらしい。かなり高いところから飛び降りたのに、低いところから降りてきたかのように軽々とした動きだった。

「ああ、リディの柔らかい胸に包まれているそのリボンが羨ましいよ」

どうやらこのリボンは、レナルドの髪をまとめていたリボンのようだ。いつも一つに束ねているのに解けている。

「レナルド兄さん、いつから覗いていたの？」

「人聞きの悪いことを言う弟だ。寝不足だったから、邪魔されないように木の上でうたた寝をしていたんだよ。そうしたら発情したお前がリディに迫っていたものだから、これは面白いと思って眺めていただけで……」

「それを覗いていたって言うんだよ！」

ブライアンは怒り以上に恥ずかしさを感じているらしく、耳まで真っ赤で少し目が潤んでいる。リディも同じだ。淫らな行為を見られていたなんて……ああ、恥ずかしすぎて、穴があったら入りたい。

「今まで邪魔しないであげたんだから、感謝して欲しいぐらいだよ。途中何度も噴き出しそうになって困ったよ。リディが感じてくれているのをキスが下手だと勘違いするところも傑作だったけど、胸を触らせて欲しくて必死なところも傑作だったね。……つまりが全部傑作だ」

「ちょっ……レナルド兄さん！」

ブライアンが真っ赤な顔で怒っても、レナルドは全く気にしている様子はない。解けた髪を後ろに撫でつけるようにかきあげている。どうやら風になびいて顔にかかるのが鬱陶《うっとう》しいらしい。

「もう少ししたら『先っちょだけ！　先っちょだけでもいいから挿れさせて！　本当に先っちょだけだから！　ね？』なんて言い出すんじゃないかってわくわくしてたのだけれど……」

「い、い、言うわけないでしょ！　言わないよ！　そんなこと！」

さきっちょ？　さきっちょってなんのこと？

ブライアンがとても怒っている。でもリディにはレナルドが言っている意味が何のことなのかさっぱりわからない。

「そうしていたら悪戯《いたずら》な突風にリボンを持っていかれてね。ちょうどお前の後頭部に引っかかってしまったことだし、抜け駆けしてリディを独り占めしているのも面白くなかったから姿を見せたわけだ。ブライアン、約束を忘れたのかい？　『抜け駆けは』？」

「『禁止……』でしょ。わかってるよ。でも、リディが可愛くて、つい……」

「まあ、気持ちはわかるからね。説教はなしにしてあげよう。リディ、髪を結び直してくれるかい？　俺は不器用でね、自分では直せないんだよ」

レナルドはにっこりと微笑み、ブライアンを押しのけてリディの目の前に腰を下ろす。

乱れた胸元を直したいのに、気が動転していて上手く直せない。

「レナルド兄さん、オレが結び直してあげるよ。一生解けないように固結びにしてあげるから」

「男に髪を結んで貰う趣味はないよ。リディ、お願い出来るかな？」

「え、ええ」

レナルドが背を向けたら、結ぶ前にすぐ直してしまおう。そう思っていたのに、レナルドはいつまで経っても背を向けようとしない。

「あ、の？」

「すまないね。俺、誰かに背後に立たれるのって苦手なんだ。結び辛いかもしれないけれど、前から結んで貰えるかな？」

「わ、わかったわ。でも、少し待っていて貰える？　……その、ドレスの胸元を直したいの」

そう頼むことで「淫らなことをしていました」と自ら宣言してしまったような気がして恥ずかしい。

「ああ、じゃあ俺が直してあげよう」

「えっ！　い、いえ、そんな……」

「俺ばかりして貰うのでは申し訳がないからね。こちらは俺が直してあげよう」

善意で言ってくれているのだろうけれど、いくら一線を越えた仲で、夫になる人とはいえ、男性に身だしなみを直して貰うのは恥ずかしい。

「リディのはオレが直すっ！」

ブライアンが膝を合わせて座る二人の間に入り込もうとするけれど、レナルドに「しつこい男は嫌われるよ？」と人差し指で額を押されて阻まれ、それ以上二人の間に入って来られない。それでも去るなんて選択肢は当然なかったようで、リディの隣に座り、レナルドに抗議の視線をじとりと送る。

「あの、私自分で……」

「遠慮しないで。俺もやって貰うんだから、お互い様さ」

レナルドがにっこりと爽やかな笑みを浮かべるものだから、男性に直して貰うというのを恥ずかしがる心そのものが恥ずかしいもののように感じてきて、リディは抵抗がありながらもお願いすることにした。

恥ずかしくてレナルドの顔を見ないように視線を外していたので、彼がにやりと企みのある笑いを浮かべたことにリディは全く気付いていないし、ブライアンも兄が何かを企んでいるのではないかと疑ってはいるものの、リディばかりを見ているためにその笑いには気付いていない。

レナルドの髪をまとめようと触れると、柔らかくてさらさらしていて絹糸に触れているかのようで、気持ちがいい。いつまでも触れていたくなる。

レナルド様の髪、とっても綺麗……。

後ろからだと上手く結べない。胸が開けたままでいるのと相まって集中出来ないこともあるからなおさらだ。

「ごめんなさい。上手く結べなくて……」

「急がなくていい。ゆっくりどころか永遠でも構わないよ。リディに髪を触って貰えるのは気持ちがいいからね」

早く胸元を直して欲しい……。

しかしレナルドが急《せ》かさないこともあり、リディからも急かしにくい。

胸を意識しないように手を動かしていると、レナルドの手がリディの開けた胸元を直すのではなく、そのまま中に潜り込んできてふにゅふにゅと胸を揉み始めた。

「ぁっ！　レ、レナルド様……っ……何を……」

「ちょっとレナルド兄さん、直してあげるんじゃなかったの？」

「ああ、すまないね。直してあげるつもりだったのに、あまりにも綺麗な胸元だから、手が吸いこまれてしまったよ」

柔らかな胸はレナルドの手によって形を変え、先ほどのブライアンのキスと愛撫で尖っていた胸の先端を指と指の間でこりこり転がされた。

レナルドの突然の登場に驚き、治まっていたお腹の奥の疼きがまた始まる。

「ン……っ……ぁ……！　レ、レナルド様……だめ……っ……そ、んなこと、されたら……結べな……っ……」

せっかくもう少しで結べそうになっていたのに、一まとめにしていたレナルドの髪がさらさらと手からこぼれた。

「ちょっとレナルド兄さ……」

「なんだい？　もうすでに抜け駆けして、リディの胸を堪能したブライアン」

痛いところを突かれたブライアンは何も言えなくなったものの、リディの身体には触れたいらしい。

リディが背もたれ代わりにしていた木の間に入り込み、細腰に腕を絡めるとうなじにちゅ、ちゅ、と唇を押し当ててくる。

「あんっ……や……ブライアン、まで……っ……」

お腹の奥や花びらの中に隠れている敏感な蕾がひくひく疼いて、外でこんな淫らなことをするなんてと思いながらも、更なる刺激が欲しくなる。

するとと膣道から蜜と一緒にどろりとした熱い何かが下りてきて、ぎくりと身体が引きつった。

蜜もあるけれど、きっとこれは昨日三王子の放った欲望の残りだ。今朝もバスルームまで行く際に垂れてきた。その時と同じ感覚だった。間違いない。

ど、どうしよう……。

このままでは、ドレスを汚してしまう。でも、精液が垂れてきたからなんて恥ずかしいことは言えない。

足と足を擦り合わせているとレナルドがくすっと笑い、耳元に唇を近付けてくる。

「リディ、濡れてきたのかな？」

「……っ……」

恥ずかしくて答えられるわけがない。何も言わずともリディの表情を見たレナルドは確信を持ったようだ。背後にいて表情が見られないブライアンも口を付けているうなじが赤く染まったことで、そうだと気付いたようだ。

レナルドは片手で胸を弄りながら、空いている方の手をドレスの中に潜り込ませようとしてくる。それと同時にブライアンの手も後ろからやってきて、リディのドレスの中に潜り込もうとする。

リディはレナルドの髪から手を離し、慌ててドレスを押さえて二人の手の侵入を阻もうとするものの力が入らない。

「だ、だめっ……わ、私、もう、部屋に、戻らないと……」

「駄目だよ。まだ俺の髪を結び終えていないだろう？」

「で、も……ぁ……っ！」

胸の先端をきゅっと抓まれ、ドレスを押さえる手に、更に力が入らなくなる。二人の手はその隙を逃さずに、ドレスの中に潜り込んできた。

「や……っ……だめっ……本当にだめなのっ……ただ、濡れてるだけじゃなくて……っ」

「ん？」

焦ったリディは咄嗟に言おうとしてしまうけれど、首を傾げたレナルドの顔を見るとまた恥ずかしくて言えなくなってしまう。

「もしかして、昨日俺たちが出したのも一緒になって出てきちゃったのかな？」

「出したのもって……あっ！」

ブライアンもレナルドが濁した言葉の意味に気付いたようだ。

「……っ」

リディは湯気が出そうなほど顔を真っ赤にし、何も言えずに俯く。何も言わないけれど、それは答えとなっていた。

「それは大変だ。では、行こうか」

レナルドはすぐにリディの胸元を正すと、彼女を横抱きにする。

「きゃっ！　あ、あの、行くってどこへ……」

「気付いてあげられなくてごめんね。さあ、行こう」

ブライアンも立ち上がり、横抱きにされた時に落ちたリディの靴を拾って隣を歩く。

だから行くってどこへ⁉

「え？　あ、あのっ……」

「そのままでは不快だろう？　さあ、急ごう」

ど、どこへ⁉

二人は具体的な目的地を言わないまま、リディを横抱きにしてさっさと城の中へと入っていったのだった。

◆◇◆

レナルドとブライアンに連れて行かれたのは、城の地下にある大浴場だった。三王子の祖父が風呂好きだったらしく、こだわって造ったものだそうだ。

大理石で出来たちょっとした池ではないかと言っても大げさではない大きな浴槽が一つ、そして小さな浴槽が一つある。小さいと言っても大きな浴槽に比べて小さいだけで、かなり大きい。

大きな浴槽はゆっくり浸かれるように少しぬるめに、そして小さな浴槽は高めの温度にされていて、その時の気分によって温度変化を楽しめるようにしているらしい。たまに薬草を入れたり、花びらを入れたりすることもあるようだ。

王は血圧が高いのでゆっくり風呂を楽しむよりも、さっと洗って出ることを心がけているため、ここは全く使わないそうだ。王族しか使用することを許されていないため、今は三王子のみがここを使っている。

二人は部屋のバスルームよりも、こちらの方が寛げるだろうと連れて来てくれたのだった。

喜んでいたリディだったけれど、レナルドとブライアンは一人での入浴も、自分で洗うことも許してはくれなかった。

なんと二人も脱いで、一緒に入浴すると言い出したのだ。

一対一だったとしてもリディに勝ち目はなかったのに、二対一ではなおのこと勝ち目はない。リディはあっという間に生まれたままの姿にされてしまう。

しかも偶然なことに、レナルドやブライアンと同じく寝不足だったフレデリクも、眠気覚ましで大浴場を訪れたため、三対一となってしまった。

リディは三王子の手によって洗い上げられることになったのだった。

「や……ぅっ……わ、私、自分で洗え……っ……ぁんっ……や……んっ……！」

先ほどの愛撫によって敏感になっている身体を洗い上げられ、リディの唇からは甘い声が溢れ出す。

誰の膝に乗せて洗うかということで軽く言い争いになったが、「抜け駆けする者に、意見を言う資格はない」というフレデリクの一言により、リディはフレデリクの膝に乗せられて洗うことになった。

ちなみにリディは、椅子に座って一人で洗うと意見したけれど、抜け駆けを全くしていないにもかかわらずその意見は却下されてしまった。

泡をたっぷり纏った三王子の手が、リディの全身を滑っていく。

手も、豊かな胸も、細腰も、足の指の先まで——まだお湯に浸かっていないのに、のぼせてしまいそうなほど身体が熱くなる。

全員裸なものだから、どこに視線を置いていいかわからない。固く目を瞑ると視覚が使えない分、他の場所が敏感になって三王子の手の感触をますます強くとらえてしまうので、結局は目を開くことにした。

フレデリクが泡の付いた指で胸の先端を弄ってきた。

「や……っ……そ、そこ、だめ……っ……ぁっ……ぁんっ……！」

フレデリクの指が泡でヌルヌルと滑るたびに、乳輪が膨れて先端は芯を持ったように硬くなっていく。喘ぎ混じりにやめて欲しいと懇願するのに、フレデリクは指の動きを止める気配を見せない。

洗っているというにはあまりにも淫らな手付きで、リディはすでに何度か達していた。

「昨夜は媚薬の効果で感じやすくなっているのかと思ったが、あなたは元々感じやすいようだ」

「……っ……そ、んなこと……ンっ……ぁ……っ……」

「否定するのは恥ずかしがっているから？　感じやすいことはいいことなんだから、恥ずかしがることはないよ」

耳にフレデリクの熱い息がかかる。

「ン……ぁ……」

泡が足と足の間に垂れて、蜜と昨夜三王子が放った欲望が満ちている花びらの間にも落ちていく。その感触ですらリディの身体は快感として受け止め、また膣口から新たな蜜と、蜜に押し出された欲望をたっぷりと垂らしている。

「リディの肌、すべすべだね。毎日こうして洗ってあげたいな」

「だ、だめ……っ……そんなの、絶対……」

「どうして？　オレのこと嫌い？」

「そうじゃなくて……っ……ぁ……っ」

ブライアンの手が腕を滑り、レナルドの手が太腿をなぞる。

「さあ、リディ、足を開いて。今、俺が綺麗にしてあげるよ」

「や……っ……！　だ、だめっ……！」

開かれないように足に力を入れるものの、同時に受けている愛撫のせいで力が全く入らない。レナルドが軽く手をかけただけで足はあっさりと開き、秘部を露わにした。

まだ触れられていないというのに、花びらの間は興奮で赤く熟れている。

「わ、たし……自分で……」

「ああ、自分で綺麗にしたい？　洗ってあげたいけれど、自分で洗うリディを見るのも捨てがたいね。じゃあ一緒に協力して洗おうか。俺が広げておいてあげるから、リディは指を動かしてくれるかな？」

「えっ……!?　ち、違っ……私は一人で入浴したいって意味で言っただけで……ひゃっ……！」

レナルドに花びらをくぱりと広げられると、昨日たっぷりと可愛がられた敏感な粒が剝き出しになる。

そこは泡と蜜、そして三王子の欲望で濡れ、赤くてらてらと淫猥に光っていた。彼らの視線が集まるのがわかり、リディは恥ずかしさでどうにかなりそうになる。

「や……ぁっ……」

身をよじらせながら自身の淫らな部分から目を背けると、お尻に何か硬いモノが当たっているのに気付く。

「……っ」

それはフレデリクの硬くなった欲望だった。身をよじらせたリディのお尻に擦れて、刺激が生まれたらしい。少しだけ息を乱す。

「あっ……ご、ごめんなさ……っ」

動揺して視線を泳がせると、レナルドとブライアンも欲望を反り立たせていた。昨日は実物を見るとリディが怖がってしまうだろうからと、三王子は自身を隠すようにして彼女を愛した。

とても大きいということはわかっていたけれど、想像以上だった。じっと見るなんてはしたないとすぐに目を逸らしたものの、記憶に焼き付いて離れない。

こんなに大きいのが、私の中に入るの？　ううん、入った……のよね。

固まっているとフレデリクが胸の先端を抓んでくる。石鹸が付いているから抓んだ瞬間ぬるんと滑ってしまったけれど、強い刺激がリディに襲い掛かってくる。それと同時にレナルドにくぱりと広げられて剝き出しになった敏感な蕾を、ブライアンが指の腹で撫でてくるものだから頭が真っ白になってしまう。

「大丈夫、怯えないでいい。今日は挿入はしないよ」

「うん、すごくしたいけど、我慢する」

フレデリクとブライアンが、のぼせそうなほど顔を熱くしているリディの耳元で優しく語りかけてくる。

「ん……っ……どう、して……？」

「昨日が初めてなのに、三人がかりでたっぷり愛して無理をさせてしまっただろう？　今日も愛しては中を痛めてしまうかもしれないからね」

レナルドは指で花びらを広げながら床に膝を突き、リディの唇にちゅっと軽く口付けながら語る。

私を心配してくれているの……？

リディは何度も達しているけれど、三王子は全く達していない。

男性のことはよくわからない。でも昂っているのに刺激を貰えないというのは辛いことなのではないだろうか。

「……っ……で、も……大丈夫、なの？　つ、辛いんじゃ……」

リディは一番近くにあるレナルドの性器をほんのわずかだけ見て、またさっと目を逸らす。彼女の視線に気付いたレナルドは、企みのある笑みを浮かべる。

「ああ、俺たちのことを心配してくれているんだね。リディは優しいね。大丈夫。男女が愛し合う方法は、挿入だけではないんだよ」

「へ？　あっ……！」

レナルドはリディの手を掴むと、そのまま導いて自身の欲望を握らせた。戸惑っていると上下に扱かされる。

「リディの可愛い手でこうして扱いて貰えたら、気持ちよくなれる。ほら、扱いて？」

「あっ……あの……ひぁ……っ!?」

手の平に伝わってくる淫らな感触に戸惑っていると、花びらの間にフレデリクの欲望を挟み込まれた。

やはり挿入されてしまうのかと思いきや、彼はそのままの状態で細腰に両手を添え、下から突き上げてくる。

「このような方法もある。こうして揺さぶれば、私のがリディのにも擦れて、気持ちよくなれるはずだ」

ぷくりと膨れた敏感な蕾が、上下に揺さぶられるたびにフレデリクの膨らみに擦れて甘い快感が生まれる。

「ぁっ……ぁっ……や……んんっ……こ、こんなのって……」

挿入するよりも、淫らなことをしているような気がする。

大きなモノを手で扱かされ、大きなモノを花びらの間に挟み込まれて突き上げられているという淫らな状況と訪れる甘い刺激で、頭の中が真っ白だ。

するとしゃがんでいたブライアンがリディの目の前に立ち、いきり立った自身をリディの柔らかな胸の間に挟み込み、胸の両側を寄せた。

「……っ……ン……リディ、オレのも気持ちよくして?」

気持ちよくしてと言われても、どうしていいかわからない。ブライアンはリディの胸を押さえながら、両方の親指で胸の先端をくりくり転がして刺激してくる。

「ぁっ……んんっ……ぁ……」

ああ、頭の中が真っ白で、何も考えられない——。

しかしフレデリクが突き上げてきている動きで、リディは何も動かなくても胸に挟み込まされているブライアンの欲望と、片手に握らされているレナルドの欲望を上下に扱くことが出来る。

「ぁっ……はんっ……はぅっ……んん……ぁっ……あぁっ……んんっ……！」

リディの甘い声や淫らな音が大浴場の壁に反響して、自室の時よりも大きく聞こえるような気がする。

三王子が達する前にリディの方が何度も達してしまい、彼らが満足する頃には指一本動かせないほどとろけきった。それをのぼせたと勘違いした三王子は目に見えるほど慌てふためき、彼女は三王子から手厚い介抱を受けたのだった。

第四章　本当に四人が許されるの？

「んっ……あっ……あっ……だ、め……っ……激しく、しないで……激しいの、だめ……っ……」

初夜から二週間――リディの身体を気遣って挿入がない時もあるが、毎夜のように三王子に愛されていたリディは、翌日の朝、怠《だる》くてなかなか起き上がれないのが悩みとなっていた。

三王子は、ゆっくり寝て、起きられそうな時間に起きればいいと言ってくれていたが、そうもいかない。そんな自堕落な生活を送っては、元に戻れないところまで行くような気がするから嫌だ。

夫が三人もいるなんて、とんでもないことだ。

四人で愛し合うなんて、ありえない。

そう思っていたのに、日に日に四人で愛し合うのが……四人で過ごすのが自然になりつつあった。

夫は一人だけという風習の国で育ったリディの中には、罪悪感や背徳感はある。でも嫌悪感やもうこの状況から逃れたいという気持ちは微塵《みじん》もなかった。起きられなくなることを抜かせば、肌を重ねることを嫌だとは思わない。むしろ好きだ。

初めは怖くて堪らなかったし、四人で眠るなんて落ち着かないと思っていた。けれど、今はそうは思わない。

眠りに落ちるその時に彼らの存在を感じるのが落ち着く。彼らの肌の温もり、低い声、匂い――――どれも安心感と共にリディの胸をときめかせるのだ。

そう思うのは、リディが元々淫らな女性だったからだろうか。複数の男性と結婚するのが当たり前だと教えられているこの国の女性なら、そう思ってもおかしくない。だってそれが普通なのだ。でも、リディは違う。

エンジェライト国の女性が今のリディの抱いている気持ちを聞いたら、なんて淫らな女性だと思うことだろう。

明日は、リディがセラフィナイト国に来てから行われる初めての舞踏会だ。

それは国外からの来客はなく、国内の貴族たちを集めた舞踏会で、この国にしては割と小さめの舞踏会らしいが、三王子の妻として注目を浴びることは間違いない。

三王子や母国に恥をかかせないため、立派な姫の振る舞いをし、失態を犯さないように緊張感を持ち、頭を働かせるためにはたっぷりと睡眠を取り、体力を備えなくては……！

今夜も三王子たちに求められそうになったリディは、今日は明日に備えて早く眠りたいし、体力を残しておきたいから駄目だと正直にお願いした。

「そうだね。睡眠は大切だ。今夜は我慢して眠ることにしよう。おやすみリディ」

「キミに触れられないのは寂しいけれど、寂しさも時には二人の愛を盛り上げるスパイスになるからね。おやすみ、俺の可愛い奥さん。夢の中で会おう」

「そっか、残念だけど、おやすみリディ。あ、キスはいい？　キスっていっても、おやすみの軽いキスだよ？」

三王子たちも納得してくれてリディはゆっくりと眠りに就くはずだった。……はずだったのに、緊張して眠れずにいた。

リディが何度も寝返りを打っていて落ち着かなかったのか、三王子たちも眠っていなかったらしく、「少し身体を動かした方が眠りに就きやすい」との助言を貰い、庭を少し散歩してこようかと思っていたら、三人に触れられることとなってしまったのだ。

「身体を動かすって、私は庭を散歩することかと……思って……っ……ぁ……やんっ……」

散歩をしようと起き上がったリディは、フレデリクに後ろから抱きしめられた。薄いナイトドレスの上から、フレデリクの大きな手が胸を包み込んで揉みしだく。

「散歩？　夜の庭は暗いからね。躓いては大変だ。私が横抱きにして歩いてもいいのなら、しようか」

「そ、それじゃ、身体を動かしたことにならないわ。自分で歩かなきゃ……っ……ぁ……」

「危ないから駄目だよ。でもこうすれば、危ない思いをせずに運動が出来るし、気持ちよくなれる。ああ、なんていい方法なんだろうね」

レナルドの手が、膝にかかる。本当に嫌なら、全力で拒めばいい。それなのに唇からは力ない拒絶の声しか出ない。

「リディは達った後にすぐ寝ちゃうから、きっと終わった後にはぐっすり眠れるはずだよ。だから、ね？　しよ？」

ブライアンに耳元で甘く囁かれ、理性が揺さぶられる。

眠れることは間違いない。でも、明日に響くことも間違いない。

「……っ……だ、だめ……今日は本当に、だめ……っ……お願い……」

なんとか理性を奮い立たせ、リディは首を左右に振って身をよじり、三王子の愛撫から、そして自分の中で湧き上がる快楽への欲求から、逃れようとする。

これ以上触れられたら、きっと拒めなくなる。

「このまま求めたいところだが、リディが嫌なことはしたくない。今夜はやっぱりやめておこう」

胸からフレデリクの手が離れ、代わりに頭を撫でてくる。

「そうだね。あ、ホットミルクを持ってきて貰おうか。昔眠れない時、よく飲んでたんだ」

リディの頬にキスを落とし、ブライアンはチェストの上に置いてあったベルに手を伸ばす。

「調子に乗って何杯も飲むものだから、何度もおねしょしていたね。しかも俺の部屋に忍び込んできた時に限って」

足を開かせようと膝に置いていたレナルドの手が、離れていく。

「ちょっ……レナルド兄さん、リディに格好悪いこと言わないでよっ！」

「しかも水を零したって言い訳していたよね。あんな温かい水があるわけないのにね」

真っ赤になって怒るブライアンに、レナルドは面白がって更に追い打ちをかける。

「もう、レナルド兄さん！　フレデリク兄さんもなんとか言ってよ！」

「寝る前にしっかり用を済ませておかないからそうなるんだ。それから水分はほどほどにしておかないと……」

「そういうことじゃなくて、もう～……！」

三人の微笑ましい会話を聞いて口元を綻ばせながらも、リディはお腹の奥を熱く疼かせていた。

明日は大切な日——身体を休めて、ゆっくり眠らないといけない。そう願っていたのはリディなのに、身体の奥は三王子を受け入れたがって疼き、秘部はすでに蜜で潤み始めていた。

◆◇◆

どうして私、こんなにも淫らになってしまったの？

翌日、リディは三王子が選んでくれたドレスに身を包んでいた。

プリンセスラインの水色のドレスは、薄いピンクや黄、白といった薔薇のコサージュで彩られ、髪飾りにも使われている。

貴族たちとの挨拶を終え、三王子とお披露目を兼ねたダンスを踊り終えたリディは、三王子と共に人の輪から外れ、少しだけ休憩を取っていた。

「私、ちゃんと踊れていたかしら。あまりダンスは得意じゃなくて……」

「大丈夫、ちゃんと踊れていたよ」

フレデリクがすぐに頷いてくれる。気を遣ってくれているのではないかと思ったけれど、ブライアンも頬を染めながら頷く。

「うん、すごく上手だったよ。見惚《みと》れちゃって、俺の方が思わずステップ間違いそうになっちゃったよ」

「本当に？」

「ああ、本当だよ。とても上手だった。美しいキミがあまりに見事に踊るものだから、会場にいた全ての男の視線がキミに集まっていたよ」

レナルドはリディの手を取り、手の甲にちゅっと口付けを落とす。

「また、レナルド様はそんなことを言って……」

「おや、信じて貰えないとは悲しいね。ああ、すっかり傷付いてしまったよ。この傷を癒すためには、今夜リディに膝枕をして貰って、優しく髪を撫でて貰う他方法はないね」

「信じて貰えないのは普段の行いのせいだ」と言うフレデリクと、「レナルド兄さんがこれくらいで傷付くはずがない」と言うブライアンの声を無視して、リディに微笑みかける。

「それよりも踊って喉が渇いただろう？　何か飲み物を持ってこよう」

「いいえ、大丈夫よ。私、自分で……」

「ああ、じゃあ二人で行こうか。これを口実に兄さんとブライアンから離れて、二人きりに……」

「レナルド兄さん？」

「さっさと一人で行け」

リディの腰に回そうとするレナルドの手は、当然フレデリクとブライアンに阻まれた。

レナルドは「二人きりになるのは、また今度だね」とウインクして行き場のなくした手をひらひら振りながら、その場を後にする。

「あっ！　私、お酒は飲めないって言うのを忘れていたわ」

「飲めない？　しかし、初夜の時は飲んでいなかったか？」

「あ、もしかして、父上が変な薬を盛ったのを飲んで酷い目にあったから、それ以来苦手になっちゃったとか？」

「ああ、なるほど。すまないことをした……」

「ごめんね、リディ」

二人は全く悪くないのに、本当に申し訳なさそうに謝罪してくる。

「あっ！　違うの！　元々あんまり得意じゃないの。でもあの時はせっかくいただいたものだし、その……すごく緊張していたから、酔えば緊張が解れるんじゃないかしら……と思って飲んだの」

フレデリクは納得するように頷き、ブライアンは初夜のことを思い出したらしく、「あ……」と小さく呟いてから頬を赤く染めた。リディも初夜のことに触れるのは恥ずかしくて、居た堪れなくなる。

「えっと、私、レナルド様を追いかけて、伝えに行くわね」

居た堪れなさから逃げ出そうとするものの、一人で行かせるわけにはいかないと、結局三人で彼の後を追いかけることとなった。

すぐにレナルドの後ろ姿を発見した。後ろ姿ですら煌びやかな雰囲気が出ていて、会場内にいる数少ない女性たちが、通り過ぎた彼の姿をうっとりとした視線で見つめているのが遠目にもわかる。

そしてフレデリクとブライアンも同じく、女性たちの注目を集めていた。

「レナルド兄さんは、相変わらず目立つね」

「歩きながらウインクしているんじゃないか？」

そう話すフレデリクとブライアンは、レナルドが視線を集めていることに気付いても、自分たちのことにはまるで気付いていないらしい。

声をかけようとしたその時、一人の若い女性が一際熱心にレナルドを見つめていることに気付く。

大きな深緑色の瞳に、ブルネットの艶やかな髪がとても魅力的だ。はち切れんばかりの大きな胸に、儚《はかな》いくらいに細い腰をマーメイドラインのドレスがより引き立てていて、同性であっても見惚れてしまうくらいに美しい。

すると彼女はレナルドの胸に向かってぶつかってきた。偶然、というより、わざとそうしたように見えた。

「おっと、レディ・アニエス、大丈夫ですか？」

レナルドはすぐに女性の肩を支え、そっと微笑みかける。

彼が女性の肩に触れた瞬間、胸の深い場所にちりっと炎の先端で焼かれたような感覚があり、リディは思わず胸を押さえた。

え、何……？

名前を呼んだということは、知り合い――だろうか。

「レナルド王子、申し訳ございません。わたくし、急に気分が悪くなってしまって……」

女性は顔を上げ、儚げに微笑んだ。しかし顔色は悪くない。気分が悪いようには見えないが、化粧のせいだろうか。

「ご気分が悪いとは大変だ。すぐに休んだ方がいい。さあ、私がご案内致しますよ」

「ええ、ありがとう」

アニエスという女性はレナルドに手を引かれ、ホールの外へ出て行った。

まるで嵐の前の森みたいに、胸の中がざわつく。

「……悪い癖が出てはいけないな。昔ならともかく、今は状況が違う」

「え？」

リディと同じく二人の背中を見ていたフレデリクは、眉を顰めてぽつりと呟く。

悪い癖って、何……？

「いや、なんでもないよ。ブライアン、リディを頼む。私はレナルドに用があるから、少しだけ席を外させて貰う」

フレデリクは二人が先に出た扉を通り、ホールの外へ出て行った。

今まで一緒だったレナルドに、フレデリクは一体何の用があったのだろう。もしや今のアニエスという女性に関係するのだろうか。

ざわつきが、より強くなる。

「えーっと、リディ？　喉が渇いたよね。何か飲み物を貰いに行こうか。葡萄ジュースなんてどうかな？　すごく美味しいんだよ」

「いいえ、飲み物は大丈夫。それよりも、どうしてフレデリク様はレナルド様を追いかけていったの？　ご用って何？　ブライアンにはわかるのでしょう？」

気になって、もう聞かずにはいられなかった。

ブライアンの目を真っ直ぐに見て尋ねると、彼はふいっと目を逸らす。いつものように照れているのではなくて、後ろめたくて逸らしているというのはすぐにわかった。

「……知らないよ？」

ブライアンは声を上擦らせ、目を逸らしたまま答えた。

「ブライアンは、嘘が下手ね」

でもリディは、そこがブライアンのいいところだとも思う。

「……ごめん。でも、告げ口するみたいで嫌で……あ、でも、フレデリク兄さんに言われるより、リディから言われる方がレナルド兄さんも止めようって気になる、かも？」

「止めようって何を？」

「ゲスト用に用意してる部屋はあそこだったから、あの部屋からバルコニーを伝えば……うん、行ける。リディ、こっちだよ」

「え？　な、何？　どこへ行くの？」

ブライアンは「とにかく来て！」とリディの手を引き、ホールを後にしたのだった。

◆◇◆

「リディ、こっちだよ」

「ブライアン、どうしてこんなところへ？」

ブライアンに連れて行かれたのはホール近くにある空き部屋で、しかもバルコニーを伝って隣の部屋へと移動していた。

「ここからそっと覗いてみて。あんまり身を乗り出すと見えちゃうから、ちょっとだけ顔を出す感じで……」

「え、ええ」

一体何が見えるのだろうとドキドキしながら中を覗くと、そこにはレナルドとソファにもたれかかるアニエスの姿があった。

『お加減はいかがですか？　医師を呼んできますので、少々お待ち下さい』

しかも、中の声も聞こえてくる。

どうして二人の姿を覗き見するのかと聞こうと口を開くと、

『もう、意地悪なお方ね。わたくしが診ていただきたいのは医師ではなく、あなたですわ。あなたの姿を見ているとわたくし、胸が切ないの……いつもみたいにその唇や指で、たっぷり時間をかけてその原因を探って下さいませ……』

とんでもないことをアニエスが言うものだから、リディは大きく目を見開いた。

いつもみたいに？　それは彼と関係を持っている……ということだろうか。

『ああ、そういう意味だったんだ。すまないね』

『もう、わかっていらっしゃるのでしょう？』

こ、これは、どうなっているの？

「……っ……彼女は、レナルド様の恋人なの？」

「ううん、恋人じゃないよ。レナルド兄さんは特別女性に優しいから、すごく女性からもてるんだよね。で、よく今みたいに迫られて、身体の関係を楽しむっていうことを続けてるんだ」

「身体、だけ？」

「うん、でも今はリディがいるわけだし、そういうのはよろしくないってことでフレデリク兄さんが説教をしに行ったんだよ。多分今はこの部屋の扉の向こうにいて、事が始まりそうになったら押し入るんじゃないかな。フレデリク兄さんから説教されるよりもリディに『そういうことはしないで』って言われた方が言うことを聞きそうな気がしたから連れてきたんだけど、連れてきたのは間違いだったね。ごめん、リディ」

「間違い？　どうして？」

「だって、泣きそうな顔をしてるよ」

ガラスが反射して、自分の顔が映っていた。そこにはブライアンが言うように、泣きそうな顔をしている自分がいる。

ガラスに映った自分からも、レナルドからも目を逸らすと、ブライアンが手を握ってきた。

「リディ、あのね。レナルド兄さんのこと、悪く思わないでね。多分レナルド兄さんは女性に、母親の愛情を求めているんじゃないかなって、フレデリク兄さんが言ってた」

「母親の愛情？」

「うん、レナルド兄さんの母上は、兄さんを産んですぐに病気になっちゃって、兄さんが五歳になる頃に亡くなっちゃったんだ。だからろくに甘えられないまま成長したんだって。フレデリク兄さんが言うには、母親から貰うべき愛情を女性に強く求めているんじゃないかって……あ、いや、だからといって女性と身体だけの関係を持つなんていけないことだし、正当化するつもりもないんだけど、なんというか……」

ブライアンは、「思っていることを言葉にするのが難しい。頭で考えていることが、そのままリディに伝わればいいのに」と頭を抱えつつも、何とか言葉にしようと口を開き続ける。

「オレの母上もさ、オレを生んだことが原因で体調を崩して亡くなってるんだ。でも、そのことで辛いなって、寂しいな、母上ってどんな人だったんだろうって思うことはあっても、うじうじ泣いたり、落ち込んだりするようなことはなかったんだ。それはね、泣きそうになると、レナルド兄さんが傍に来て楽しい話をしてくれたり、ゲームに誘ってくれたりしたからなんだよね。あの時は気付かなかったけど、今ならわかるよ。母親を亡くした悲しみがわかるから、オレにはそういう思いをさせたくないって気遣ってくれてたんだ。だからその、レナルド兄さんを嫌いにならないであげて」

嫌いにならないであげて――。

そう言われて、リディは自分の中に彼を嫌いになるという選択肢がないことに気付く。

それはレナルドだけではなく、フレデリク、ブライアンであってもだ。もし彼らがとんで

もない大罪や道徳に背くことをしたとしても、嫌いになるなどありえないと思う。

どうして……？

するとぎしっとソファが軋む音が聞こえ、リディはまたガラスの向こうへ視線を戻した。

『今夜は随分焦《じ》らしますのね。……恥ずかしいけれど、今夜はわたくしが積極的になろうかしら』

今の軋む音は、アニエスが立ち上がった音だったらしい。彼女は腰をくねらせながらレナルドに近寄り、彼に触れようとする。

やめて、触らないで！　レナルド様、その方に触れては嫌……！

思わず飛び出しそうになったその時、レナルドがすっと身を引いた。

『すまないというのは、とぼけて言ったわけではないよ。キミの願いを叶えられないという意味で謝罪したんだ』

『え……？』

『この唇も指も、俺の身体の全ては俺の可愛い奥さんだけのものなんだ。だから髪の毛一本たりとも与えることが出来ないんだよ』

『ご、ご冗談でしょう？　奥様一筋になられるというの？　あなたが？』

『ああ、そうだよ。……アニエス、キミは美しい。一晩限りの相手なら俺でなくとも引く手数多《あまた》なはずだ。申し訳ないけれど俺は今後一切誘いに乗ることは出来ないよ。それに俺は可愛い奥さんに飲み物を持って行ってあげる約束をしているんだ。具合が悪くないのなら、もう行っても構わないかな？』

レナルドがはっきりと断るのを見て、ブライアンはこれ以上開けないというほど目を見開いて驚く。

「うそっ！　レナルド兄さんが誘いを断るなんて、明日世界が終わるんじゃ……あ、いや、断ることはいいことなんだけど、信じられない……」

誘いを断られたアニエスは顔を真っ赤にし、身体をわなわなと震わせながら声を荒らげた。

『あんな淫らな女のどこがいいのかしら！　理解に苦しみますわ！』

え……？

淫らな女という言葉に、どきっとする。

『だってそうでしょう！　三人の男性と結婚するなんてっ……我が国ではそれが当たり前ですけれど、あの方の国は一夫一婦制なのでしょう？　それなのにあの方は全く抵抗がない様子だったわ。それどころかあんなに幸せそうに微笑んで……きっと……いえ、絶対元々淫らな女性だったのよ！　そんな女のために我慢をするなんて馬鹿らしいとお思いになりませんの⁉』

元々淫らな女だった――。

やっぱり私、普通とは違うの？　すごく淫らな子なの？

その場から消え去りたいほど恥ずかしくなり、リディは思わず涙ぐむ。

「リディ、気にしないで。リディはそんな子じゃないよ。あの人はレナルド兄さんに断られて、つい酷いことを言っちゃってるだけだよ」

果たして、そうだろうか。

だって本当にそうだ。アニエスの言う通りだと思う。一夫一婦制の国で育ったのに、四人でいることをこんなにも幸せだと思うリディは、やはり淫らなのではないのだろうか。

『全く思わない。俺の妻を愚弄《ぐろう》するのは止めていただこうか』

レナルドがきっぱりと言い切ると、アニエスはますます悔しそうに顔を歪め、踵を返して部屋を出て行った。彼女と入れ替わるように、フレデリクが部屋に入る。ブライアンが言っていたように、扉の外で待機していたらしい。

『お前が女性からの誘いを断るなんて、珍しいこともあるものだ』

『人聞きが悪いなぁ……昔と今では状況が違う。もう二度と不特定多数の女性と遊んだりしないよ。俺が乗るのは、リディからの誘いだけさ』

『どういう心境の変化だ？　三度の飯より女性が好きだったはずなのに……もしやお前、レナルドの皮を被った偽物か？』

『皮なんて顔にも股間にも被っていないよ。昔から決めていたことさ。妻が出来たら、妻だけを愛そうってね』

『真面目な話に下品なことを混ぜ込んでくるな。……それならいい。もしいつものように誘いに乗るようなら、説教をするつもりだっただけだ』

『残念でした。今後兄さんに説教されるようなことはないし――そこで見物していても俺の浮気現場なんて一生見られないよ？　俺の可愛い奥さんと馬鹿な弟』

レナルドがにっこり笑いながら、窓に近付いてくる。

「げ、気付かれてた！　逃げようリディ」

逃げようと足を出した瞬間、窓を開けられ、リディとブライアンは当然彼に見つかってしまった。

「ブライアン、なぜここに？　リディを頼むと言ったじゃないか」

「ご、ごめん。でもレナルド兄さん、どうしてオレたちがここにいるってわかったの？」

「ちらちら銀色の綺麗な髪の毛が見えていたし、愛らしいドレスの裾も見えていたからね。気付かないわけがないだろう？　嫌なことを聞かせてしまったね。悪いことをした……」

バルコニーに出たレナルドはリディの髪を一房取ると指に巻き付け、ちゅっと口付けを落とす。

アニエスの言葉が頭の中から離れなくて、リディは「いえ……」と言ったものの、言葉を続けることが出来ない。なんて言ったらいいかわからなかった。

「それで、どうしてこんなところにいるんだい？」

「いやー……フレデリク兄さんに説教されるより、リディに説教された方が言うことを聞くんじゃないかと思って連れてきちゃった……。ごめん、レナルド兄さん。リディに過去の女性関係のこと、全部言っちゃったよ」

どんな反応をしていいかわからなくてリディが固まっていると、レナルドが顔を覗きこんでくる。

「嫌われてしまったかな？」

「い、いえっ……そんな、私……私は……」

なんて言ったらいいだろうと口を開いては閉じ、また口を開いては閉じたりすることを繰り返していると、同じくバルコニーに出てきたフレデリクが先に口を開く。

「私がリディの気持ちを代弁してやろう。尋ねるまでもない。嫌われて当然だろう」

フレデリクのその言葉に、リディは慌てて首を左右に振った。

「ち、違うの。嫌ってなんていなくて……いないけど、でも……」

「でも？」

フレデリクが首を傾げ、俯くリディの頬を撫でた。

「……レナルド様が他の女性とたくさん、その、そういうことをしていたって知ってから、胸の中がもやもやして、悲しくなって、でも、はっきりお誘いをお断りした時、すごく嬉しくて……よくわからないの……でも、嫌いになんてなっていないわ」

「それって、嫉妬してくれたってことかな？」

レナルドがじりじりと迫ってくるものだから、思わず後退する。けれどバルコニーの柵が背中に当たってこれ以上下がれない。

「答えてくれないのなら、そう思ってしまうよ？」

ドレスから覗く胸にちゅっと口付けを落とされ、リディはぶるっと肌を粟立たせる。

「ぁ……っ……」

「モヤモヤしたのはこの辺？　それともこちらかな？」

レナルドはドレスから覗いている胸に、余すことなく唇を押し付けていく。

「……っ……レ、レナルドさ、ま……っ……だめ……っ……」

「……私も胸の中がモヤモヤしてきたな」

フレデリクは手袋を外した手をリディのドレスの中に潜り込ませた。太腿まであるシルクのストッキングを留めているガータベルトの中に指を入れ、ガータベルトの跡が付いた太腿をツツッとなぞる。

「えっ……！　フレデリク様、まで……っ……ン……だ、だめ……」

「オレもだよ。モヤモヤしすぎて、どうにかなりそう」

ブライアンは赤くなるリディの耳を舐め、耳朶《みみたぶ》を甘噛みした。

「んっ……フレデリク様とブライアンが過去に他の女性とたくさん関係があったとしても、モヤモヤするわ……」

レナルドの言う通り、これは嫉妬という感情なのだろう。

自分は三人の男性と同時に結婚しようとしているのに嫉妬するなんて、あまりにも勝手じゃないだろうか。

それなのにフレデリクとブライアンは嬉しそうな顔をしていて、罪悪感で胸が押しつぶされそうになる。

「そ、そろそろ、ホールに戻らないと……」

罪悪感をこの場に置いて立ち去ろうとしても、フレデリクの指はガータベルトの紐の下に入ったままだし、レナルドとブライアンが囲むように立っているのでその場から動けない。

「そんな可愛いことを言った後に、俺たちが素直に帰すと思っているのかな？」

レナルドがドレスの背中のボタンを外していく。

「……っ……だ、め……こんな、ところでなんて……舞踏会が終わった後に、お部屋で……」

こんなところでしたら、もっと淫らになってしまうに違いない。なんとかこの状況から抜け出さなくては……。

「そんなに待てるほど、私は気が長くない」

脱がされないように身をよじらせていたら、ガータベルトの紐の下にあったフレデリクの手が、しっとりと動き始めた。

「あっ！　だめっ……や……っ……」

背中のボタンを外されないようにするべき？　それよりもドレスの下で動くフレデリクの手を止めるべき？

「そうだよ。昨日だって我慢したんだ。もうこれ以上なんて、一分一秒たりとも待てないよ」

迷っているうちに、ブライアンに深く唇を奪われた。長い舌は別の生き物みたいにリディの小さな咥内で動いて、あっという間にとろけさせる。

この前ファーストキスを経験したリディの舌は、まだもどかしい動きしか出来ない。でも同じ日にファーストキスをしたブライアンの方は比べ物にならないほど上手だ。

口付けをするのと同時に、ドレスの中でフレデリクの手が内腿をしっとりと撫で、レナルドは背中のボタンを外し終えていた。

ボタンを外されたドレスの胸元が開け、そこから深い谷間とコルセットが露わになる。リディはブライアンの口付けでとろけそうになりながらも、両手を交差させて胸を必死に隠した。レナルドはそんなことはお構いなしといった様子で、背中できつく縛ってあるコルセットの紐を解き、緩めていく。

「ん……っ……んん……」

胸に意識を集中していると、フレデリクの指が足の付け根へ近付いてきていることに気付いた。

今日はドレスをたっぷりと膨らませるためにパニエを何枚も重ねて穿《は》き、ドロワーズは身に着けていなかった。これ以上指が進んできたら、直接触れられてしまう。

今三王子に触れられたばかりだというのに、リディの秘部は長時間愛撫を受けていたように蜜で溢れ返っていた。

触れられたら、濡れていることが知られてしまう。アニエスが思った通り、三王子からも淫らな女性だと思われるかもしれない。それにもうこんなにも身体が熱い。そこに触れられたら元に戻れないほど熱くなって、こんな場所だというのに求めたくなってしまう。

だ、め……！

心とは裏腹に、身体は欲望に忠実だった。唇を重ねられ言葉を奪われていても、手がある。彼らの胸を押して、嫌だと行動に示して気付いて貰えばいいのだ。

でも手はそんな風に動いてくれない。交差させていたはずの手はいつの間にか胸から離れ、もっとして欲しいとおねだりするように、彼らの服をぎゅっと握りしめていた。

レナルドは紐を緩め終えると、膨らみに引っかかっているだけのコルセットの胸元を指先でくいっと引っ張った。締め付けられていた胸がぷるんと零れ、夜風と欲望を孕んだ三王子の視線にしっとりと撫でられる。

「リディの乳首も、もう待てないと言っているようだよ？　もう、こんなに尖らせて、甘い匂いを漂わせているじゃないか」

レナルドに指摘され、リディは顔どころか耳まで赤くする。

そうだったわ……。

性的に乳首を起てると、甘い匂いがするからすぐにわかると言っていた。もうリディが快感を欲していたことなどお見通しだったのだ。

レナルドは手袋をしたまま胸を持ち上げるように揉みしだき、赤く色付いた先端を指の腹でくりくりとなぞる。

「ン！　……ぅ……んんっ……」

布のざらざらした感触が刺激となって、胸の先端が更に硬くなっていくのがわかる。びくびく身悶えを繰り返していると口付けをしていたブライアンが唇を離し、今度はレナルドの弄っていない方の胸をぱくりと咥え、舐め転がし始めた。

「ぁっ……だ、だめ……っ……も……っ……これ以上……っ……しちゃ……」

「我慢出来なくなっちゃう？　でもオレはそうなってくれた方が嬉しいから、止めてあげない。ごめんね」

レナルドとブライアンに両方の胸を可愛がられ、フレデリクの指がとうとう花びらの間に潜り込んだ。

「ぁ……っ……」

指が花びらの間を上下すると、ブライアンが胸の先端を吸う音と共にくちゅちゅっと蜜の音が聞こえてきた。リディにも聞こえたということは、三王子にも聞こえているだろう。

「こちらも、もう待てないと言っているようだ」

フレデリクに指摘され、リディの顔は火が出そうなほど熱くなる。敏感な蕾を指の腹でぷりぷりと転がされると、理性まで転がされているみたいだ。

「あっ……ひぁっ……んんっ……だ、め……っ……もっ……あっ……ぁぁっ……」

同時に胸の先端を指や舌で転がされると、もう頭が真っ白になる。

膝がガクガク震えて、立っているのがやっとだ。身体には完全に火が点《つ》いて、もうこのまま彼らを振り切ってホールへ戻ることなんて不可能になっていた。

次々と襲い掛かる快感を受けて嬌声をあげていると、敏感な蕾を転がしていたフレデリクの指の動きが止まった。

嫌……止めないで……もっと、もっとそこを弄って欲しいの……。

そんな淫らな願いを抱いてしまう。

無意識のうちにそんな淫らな願いを口に出してしまうのではないかと心配で、リディは声に出さないよう唇を噛んだ。

「リディ、ドレスの裾をめくって、ここがよく見えるようにしてごらん」

「えっ!? そ、そんなこと、出来ないわ……」

「言うことを聞いてくれたら、もっと気持ちよくしてあげるよ」

ブライアンとレナルドから胸に刺激を与えられ続けて、頭の中がぼんやりする。

もっと、気持ちよく……?

膣口からとろとろと蜜が垂れて太腿まで伝い、ストッキングにじんわりと滲みこんでいく。

もっと、気持ちよくして貰いたい……。

ぼんやりとした頭の中で生まれた欲求——口に出していないのに、フレデリクはリディの表情を見ただけでわかってしまったらしい。

「言うことを聞いてくれないのなら、もうここを弄るのは止めてしまおうか」

フレデリクは天使みたいな美しく清らかな顔で、悪魔みたいなことを囁く。そう言えばリディが断れないとわかっているからの言葉だ。

恐る恐るドレスの裾を抓んで震える手でゆっくりと持ち上げると、フレデリクがその場にしゃがみ込む。

「こ、こう？」

「もっとだよ」

ドレスの裾を掴む手はとうとうお腹の上まできて、フレデリクの眼前に秘部を露わにすることとなった。

「ああ、よく見えるようになった。約束通り、もっと気持ちよくしてあげるよ」

フレデリクはリディの花びらを両手の人差し指でぱりと広げ、ひくひくと疼いている敏感な粒を舌でなぞり始めた。

「ひぁんっ……！　あっ……んんっ……やっ……あっ……あぁんっ……！」

温かくてヌルヌルした舌がねっとりと絡み、柔らかな唇に挟まれて揺さぶられると、瞼の裏で火花が飛んだ。

とうとう立っていられなくなるとレナルドがリディの背に回り、片手で胸を揉みながら、もう一方の手で腰を支える。

「感じすぎて立っていられなくなってしまったのかな？　俺の愛撫に？　ブライアンの愛

撫に？　兄さんの愛撫に？」

レナルドの指と指に挟められた胸の先端をきゅっと抓まれ、自分を選べと訴えるようにフレデリクやブライアンが愛撫を激しくしてくる。

「ひぁっ……！　あ、んんっ……え、選べない……全部、……んっ……きもちぃ……あっ……あぁっ……」

指や舌の動きと共に身体がびくびく震えて、絶え間なく喘ぎが零れる。

バルコニーはリディの胸の高さだ。しかしレナルドとブライアンの身体があるから、外からリディの胸が見えることはない。胸までの高さなのだから露わになった秘部やフレデリクがしゃがんで、そこを舐めていることも見えるはずがない。でも、リディの嬌声を聞いたら、鋭い人なら何をしているか理解するはずだ。

声を出しちゃ、だめ――……。

でも、どう頑張っても出てしまう。唇を噛んでも、息を止めても、出てしまう。両手はドレスを掴んでいて使えないけれど、もし両手が使えて唇を思いきり押さえたとしても出てしまうだろう。

レナルドの指とブライアンの舌と唇に刺激されている胸の先端は、目を覆いたくなるほど興奮で赤く色づいている。二人の手袋が白いから余計にそう見えるのかもしれない。

敏感な粒をねっとりと舐め転がしていたフレデリクの舌が、疼く膣口をぺろりと舐めた。

「ひぁっ……!?」

「リディ、ここがひくひく疼いて、欲しがっているね」

フレデリクは舌の先を丸めて尖らせ、疼く膣口にヌプリと挿入させる。

「……っ……ぁ……あんっ……し、舌……っ……そんなとこ、入れちゃ……っ……んんっ……！」

細く丸めた舌をヌチュヌチュと出し入れされると、お腹の奥が――いつも三王子に突かれて悦んでいる最も深くて、最も淫らな場所が、疼いて燃えそうなほど熱くなった。

ブライアンは胸の先端をしゃぶりながら、リディの秘所に指を伸ばして敏感な粒を指の腹で転がす。

「ぁっ……！　やっ……んんっ……」

「おや、同時に愛撫出来るようになるなんて、ブライアンも成長したものだね。初めての時はリディに入れる前に射精してたのに」

「ン……っ……ちょ、ちょっと、してないし！　話をねつ造しないでよ。……リディにたくさん気持ちよくなって欲しいし、オレもたくさんリディに触りたいからね」

濡れた胸の先端にブライアンの息がかかって、リディはぶるっと肌を粟立たせた。

フレデリクの舌が中にある弱い場所をぐぐっと押した瞬間、足元から絶頂の波が押し上げてきた。

「あっ……き、きちゃう……っ……あっン……っ……あっ……あぁ――……！」

フレデリクはぎゅうぎゅうに締め付けてくる中を広げるように掻き混ぜながら、舌を引き抜いた。

　ひんやりとした夜風に、どっと汗が噴き出した熱い身体を撫でられるのが心地いい。絶頂の余韻に痺れていると、立ち上がったフレデリクがリディの片足を大きく持ち上げて秘部に欲望を宛てがい、ぐっと突き進めた。

「ひぁっ……！」

　硬くてたっぷり重量のあるフレデリクの欲望が、一気にリディを奥まで満たす。その刺激でまた軽く達したリディは頭が真っ白で、もう気持ちいいとしか考えられない。

　激しい抽挿で髪が乱れ、掻き出された蜜と共に髪飾りが床に落ちた。

「兄さん、随分激しいね。リディが俺に嫉妬してくれたことが、余程悔しかったのかな？」

「悔しくない。リディは相手が私やブライアンでも嫉妬してくれると言ってくれたからな。今日はたまたまお前だっただけだ。……というかお前の顔が目の前にあると萎《な》えるんだが？」

「リディを支えているから退《ど》けられないね。そんな激しく突かれたらバルコニーの壁に擦れてリディの綺麗な背中に傷が付く。いやそれどころかバルコニーが崩れ落ちるかもしれないからね」

「崩れるわけがあるか。まあ、リディの背中を傷めては大変だから、退かないことは目を瞑ってやろう。だが、萎える」

「俺も兄さんの感じてる顔を見るなんて萎えるよ。リディの感じてる顔が見たいから、早く交代してくれないかな?」

萎えると言いながらも、リディの中に入っているフレデリクの欲望はますます硬くなっているし、お尻に当たっているレナルドの欲望も同じくとても硬い。

レナルドの顔を見たくないと、フレデリクはリディの谷間に顔を埋める。

「んっ……フレデリク……さ、ま、レナルドさ、ま……っ……け、喧嘩……は、だめ……っ……あっ……あぁっ……!」

会話は耳に届いているものの、頭が真っ白で何を話しているか意味は理解出来ない。でも二人が喧嘩しているのだけはなんとなくわかった。

リディがなんとか喧嘩を止めようと喘ぎながらも必死に言葉を紡ごうとしていると、フレデリクは絶頂に達し、中にたっぷりと欲望を放った。リディはその刺激でまた達し、フレデリクが自身を引き抜く刺激すらも激しい快感として受け止めてしまう。

フレデリクがリディを抱き寄せようとすると同時に、レナルドがそっと彼女から手を離し、ドレスの裾をめくり上げて臀部を露わにさせた。彼は手袋を外すと、恍惚とした表情で白くまろやかな膨らみをしっとりと撫でる。

「リディは優しいね。心配してくれるんだ? ああ、なんて可愛いお尻なんだ」

「や……んっ……お、お尻……くすぐった……っ……い……」

レナルドの手によりお尻を突き出させられ、前のめりになるリディの唇をフレデリクが奪う。

「リディ、大丈夫だよ。喧嘩するほど仲がいいっていうでしょ？　兄さんたちもそうだよ」

ブライアンはリディの耳元でそっと囁くと舌でなぞり始め、レナルドの熱い欲望が後ろから膣口に宛てがわれた。昂る欲望が、ゆっくりと奥まで突き進んでくる。

「ん……ぅっ……んっ……んんっ――……！」

「愛しいリディ、今すぐ俺ので兄さんのを掻き出してあげるよ」

後ろから激しく抽挿を繰り返されると豊かな胸が揺れ、限界まで広げられた膣口からは掻き出された蜜とフレデリクの欲望が、レナルドのモノで掻き混ぜられながら溢れ出す。

「ンっ……んっ……ふ……んんっ……んんっ……」

ブライアンが後ろから揺れる胸をすくいあげるように揉みしだき、時折胸の先端をくりくりと抓みながら、耳に舌をねっとりとなぞらせる。

口の中ではフレデリクの舌が巧みに動き、リディが溢れさせた唾液も、甘い声さえも奪っていた。

揺さぶられるたびにリディの完全に解けた髪や汗ばんだ身体から甘い香りが漂い、三王子の情欲をより昂らせた。

三王子に愛されて、湯気が出そうなほど身体が熱い。

バルコニーだとわかっている。わかっているけれど、イヤリングやネックレス、身体に辛うじて引っかかっている状態になっているコルセットやドレスを脱いで、裸になってしまいたい。裸になって三王子と肌を重ね合わせたい。

『あんな淫らな女のどこがいいのかしら！』

快感で頭の中が真っ白だ。でも、アニエスの言葉だけが耳に付いて離れない。

やっぱり私、淫らなの……？

リディが再び絶頂に押し上げられ、やがてレナルドもたっぷりと濃厚な欲望を放った。

レナルドが欲望を引き抜くと、二人の男性を受け入れているというのに、リディの小さな膣口は更なる欲望が欲しいとおねだりするようにひくひくと疼いていた。

「リディ、こっちを向いて。リディのこと、ぎゅって抱きしめながら愛したいんだ」

フレデリクが名残惜しそうに唇を離す。リディが絶頂の余韻で動けずにいると、ブライアンがリディを抱き寄せる。

ブライアンは向かい合わせになったリディの唇にちゅっと口付けを落とし、彼女のお尻を持ち上げた。

「きゃ……っ！」

いきなり身体が持ち上がって驚いたリディの手は、力が入らなかったはずなのに、咄嗟にブライアンの首の後ろに回された。

「リディ、入れるね」

足を広げさせて完全に抱き上げたリディの秘部に、ブライアンがはち切れそうなほどにいきり立った欲望を下から挿入させた。

「——……っ……ひぁ……っ！」

後ろからフレデリクが胸を包み込むように揉み、レナルドが横からリディの唇を奪う。

不安定な体勢で下から激しく突き上げられたリディの足から、ハイヒールが滑り落ちた。

何度も絶頂を繰り返し経験した身体はとんでもなく敏感になっていて、足裏を冷たい夜風になぞられるだけでも快感として受け止める。

とても不安定な格好だ。ブライアンが手を離したら落ちて怪我をするのは確実なのに、彼を信頼しきっているから恐怖など感じない。

「んんっ……んっ……んん――……っ……」

頭がおかしくなりそうなほど気持ちよくて、くらくらする。

その夜――リディと三王子は、ホールに戻ることはなかった。代わりに何重にもなったカーテンの中にある広いベッドに向かい、昨日愛し合えなかった分を取り戻すかのように日が昇るまでたっぷりと身体を重ね合ったのだった。

第五章　背徳感や罪悪感よりも強い気持ち、それは……

「あら？　フレデリク様はどうしたの？」

舞踏会から一週間ほど経った夜、いつも夜になると部屋に来てくれる三王子だったが、今夜はフレデリクの姿がなかった。

「俺の目の前で他の男を恋しがるなんて、いけない子だね。うんと甘いお仕置きをしてあげようか」

レナルドはベッドに入って早々にリディを組み敷き、耳をかぷりと甘噛みしてくる。

「あ、レナルド兄さんだけずるい！　オレもリディに甘えたい」

ブライアンも負けじとレナルドを押しのけ、リディに抱き付いてきた。

「きゃっ！　そ、そうじゃなくて、いつもは皆一緒に来て下さるから、どうしたのかしらと思って」

「ああ、そうだ。伝言を頼まれてたんだ。今日は政務が立て込んでいてね。遅くなるから先に寝ていていいそうだよ」

「オレたちも手伝うよって言ったんだけど、自分じゃないと駄目なものだからって」

「まあ、そうなの……」

レナルドが「相変わらず不器用な兄さんだよ」と呟いたけれど、とても小さくて聞き取ることが出来なかった。

「あの、今なんて？」

「いいや、なんでもないよ。ということで、兄さんは抜きにして、今夜も仲良くしようか」

「駄目だよ。四人一緒の時じゃないと……」

ブライアンが正義感が見える発言をするものの、その目は期待を宿してリディを見つめている。きっとリディが三人でも仲良くしようと言えば、彼は拒まないのだろう。しかしこのことにまるで気付いていないリディは、ブライアンの言うことに同意する。

しょんぼりするブライアンを見て、レナルドがにやりと笑う。

「もう、笑わないでよっ！」

「素直にならないからだよ」

「う、うるさいな……」

二人がなぜ言い合っているのかも、その意味も、リディにはいまいちよくわからない。

首を傾げていると、レナルドがブランケットをふわりとかけてくれた。

「じゃあ、今夜は大人しく健全に寝ようか。ああ、おやすみのキスぐらいは許してくれるだろう?」

「おやすみ、リディ。オレもおやすみのキスはしたいな」

リディが頬を染めて控え目に頷くと、二人が順番に唇に口付けを落とす。三人で肩を並べ、そっと目を瞑る。

本当に先に眠ってもいいものかしら……。

フレデリクがまだ頑張っているのに、先に休むのは悪い気がする。しかしリディが起きては、二人が落ち着いて眠れないだろう。

このまま横になって、眠らずに待っていよう。

意識を保っていようと思いつつも、目を瞑っているとついうとうと微睡《まどろ》んでしまう。

「ん……」

いけない……。

少し眠ってしまったみたいだ。両隣からはレナルドとブライアンの寝息がすやすやと聞こえてきている。

身体を起こして周りを見回すけれど、フレデリクの姿はない。チェストの上に置いてある時計は日付を越え、朝方に近かった。

まだ、ご政務が終わらないのかしら……。

数時間もすれば起床時間だ。このままでは徹夜になってしまう。少しでも休めないだろうか。

政務室へ行ってみよう。

レナルドとブライアンを起こさないようにベッドをそっと抜け出してガウンを羽織り、扉を開くと部屋の前に立っていた兵が驚いた様子で目を丸くする。

「リディ様、いかがなさいましたか？」

「フレデリク様がまだ来ていらっしゃらないから、政務室に行こうと……」

「フレデリク様は本日は自室でお休みになるそうです」

「あ、そうだったのね」

よかった。もうお休みになられていたのね……。

きっと自室で眠るのは、リディたちを起こさないようにとの配慮なのだろう。優しいフレデリクらしい。

納得したリディは扉を閉め、そっとベッドに戻った。

◆◇◆

翌日、三王子が政務に勤《いそ》しむ中、リディは自室で分厚い本を開いていた。セラフィナイト国の歴史が載っているものだ。誰かに学べと言われたわけでもないけれど、セラフィナイト国に嫁いできたのだから、この国をよく知りたいと思いこの本を借りたのだった。

「ふぁ……」

窓から暖かい日の光が差し込んでくると、ついあくびが出てしまう。

このまま部屋にいてはいつの間にか居眠りをしてしまいそうな気がするので、気分転換も兼ねて庭のベンチへ移動することにした。

分厚い本を両手に抱えて廊下を歩いていると、フレデリクの後ろ姿が見えた。

「フレデリク様！」

声をかけると、フレデリクが振り向く。その顔はとても青白く見えた。

「リディ、こんなところで会うとは珍しいな」

「お庭に行こうと思って……それよりも、なんだか顔色が悪くない？　もしかして寝不足で、具合が悪いんじゃ……」

「顔色？　ああ、いや、そんなことないよ。気のせいだ。ここは少し日当たりの悪い廊下だからそう見えるのかもしれないな。では……」

リディが近寄ろうとするものの、フレデリクは微笑を浮かべて距離を取り、逃げるようにその場を立ち去って行った。

なんだか避けられてしまったような……。

本当に大丈夫だろうか。それとも何か嫌われるようなことをしてしまっただろうかと心配になり、彼の後を追う。すると曲がり角に差し掛かった時、

「あ、フレデリク兄さん……って、なんか顔色悪くない？　あれ？　気のせいかな？」

「久しぶりの一人寝で悪夢でも見たのかな？」

レナルドとブライアンの声が聞こえてきた。

「ここの廊下は日当たりが悪いからそう見えるのだろう」

「そうかな?」

「ああ、私からもお前たちの顔色が悪いように見えるぞ。では、私は用があるから失礼する」

曲がり角からそっと覗くと、フレデリクがリディの時同様、二人から逃げるようにその場を立ち去って行くところだった。

もしかして嫌われたのかと思ったけれど、誰にでも同じ様子ということは違うのだろうか。

確かにここの廊下は少し薄暗い。本を持つ自分の手を見てみると、いつもより青白く見える。やはり気のせいなのだろうか。素っ気なかったのは寝不足だから? でも優しい彼が、寝不足だからといって態度に表すだろうか。

「うーん……」

なんだか、引っかかる。

庭に出て勉強している間も、フレデリクのことが気がかりでちっとも集中出来なかった。

しかもその夜も彼は、「政務が立て込んでいて遅くなるから、今日も自室で眠る」と弟王子たちに伝言を頼んできたのだった。

気になる……。

あの顔色の悪さ、それに不自然な避け方――。

政務中に押し掛けることになれば邪魔になるだろう。政務が終わった後に部屋で休んでいたとしても、途中で睡眠を妨げてしまうのだからやはり邪魔になる。でも気になって仕方がない。

レナルドとブライアンが眠ったのを見計らい、リディは部屋をそっと抜け出して政務室へ向かった。最初に政務室を訪ねたけれど鍵がかかっていて、ノックしても気配はない。もう自室へ下がったようだ。

薄暗い廊下を歩きながら、やはり夜の廊下はどこも不気味なものだとぼんやり思う。

フレデリクの部屋の前には、リディの部屋同様に兵が立っていた。兵に見守られながら扉をノックすると、返事がない。もう眠っているようだ。

でも、胸騒ぎがして仕方がない。

一目顔が見たい――。

そっと扉を開くと、ランプが点いたままだ。まだ起きているのだろうかと思いきや、ソファで横になっているフレデリクの姿が見えた。

眠くてベッドまで我慢出来なかったのだろうか。起こすのは心苦しいけれども、このまま休んでいては背中が痛くなるし、風邪を引いてしまう。

「フレデリク様、ベッドで休まないと……」

声をかけながら近付くと、彼の顔が先ほど見た時よりもますます青白くて、頬が妙に赤くなっている。寝息も息苦しそうで、肩に触れると布越しなのにとても熱いのがわかった。

「大変……！　熱が出ているんだわ」

やっぱり顔色の悪さは、気のせいではなかったのだ。

「フレデリク様、大丈夫？　しっかりして……！」

すぐにベッドに寝かせて、医師を呼ばなくては……！

フレデリクの腕を自分の両肩に乗せ、持ち上げようとするものの、リディの力では持ち上げることが出来ない。

「ん――……っ！」

血管が切れるのではないかと思うぐらい目いっぱい力んでいると、急に軽くなって驚く。振り返ると、レナルドとブライアンがフレデリクを支えてくれていた。

「レナルド様、ブライアン……」

「こんなに良い男を置き去りにして、他の男の下へ行くなんてリディは小悪魔だね」

「レナルド兄さん、そんなこと言ってる場合じゃないよ。フレデリク兄さん、やっぱり具合が悪かったんだね」

リディがブランケットをめくり、レナルドとブライアンがフレデリクをそっとベッドに寝かせる。

「二人とも、気付いていたの？」

「うん、いつもと顔色も態度も違っていたからね。フレデリク兄さんって体調が悪いのを絶対隠そうとするんだ。だから今日もすぐにわかったよ」

「弱っているのを隠そうとするなんて野生動物のようで面白いだろう？　本人が必死に隠しているのを無理に暴くのは趣味が悪いと思っていつも黙っているんだよ。少し痛い目にあえば頼りたくなるだろうと思っていたのだけど、上手くいかなくてね」

ベルを鳴らすとフレデリクを起こしてしまうし、自分で呼びに行った方が早いだろうかと、ブライアンが直接医師を呼びに行こうとした時、フレデリクがぼんやりと目を開けた。

「ん……リディ？　それにお前たち、どうしてここに……」

フレデリクの青い瞳は発熱によって潤んでいて、呼吸も乱れている。

「さっき廊下で会った時、フレデリク様の様子が変だったから心配で……」

「とにかくオレ、医師を呼んでくるよ」

「いや、いい」

フレデリクは慌てて医師を呼びに行こうとするブライアンを止めると、頭を押さえながら上半身を起こす。

「でも、フレデリク兄さん……」

「これくらい大したことはない。心配をかけてすまなかった。皆、もう休んでくれ」

「鏡を持ってこようか？　よさそうには見えないけど？」

「ただの風邪だ。少し休めばよくなるから医師も必要ない。レナルド、リディとブライアンを連れて部屋に戻れ。完全に治ったらまたそちらへ行く」

レナルドは「意地っ張りだね」と苦笑し、リディとブライアンに部屋を出ようと促すけれど、リディはそれを頑として拒否した。

「嫌よ。それよりも大したことがないようには見えないわ。ちゃんとお医者様に診て貰うべきよ」

「本当に平気だ」

そう言うフレデリクは、やはり、全く平気そうには見えない。

「どうしてお医者様に診ていただこうとしないの？　それにどうして具合が悪いと教えてくれなかったの？」

そこまで言ったところで、幼い頃自分が医師に診て貰うことをとても怖がって泣いてしまい、両親を困らせたことを思い出した。具合が悪くなると医師を呼ばれるので、倒れるまで我慢していたこともあった。

「あっ！　もしかして、お医者様が怖いの？　大丈夫よ。何も怖いことはないわ。私もレナルド様もブライアンも傍にいるから診て貰いましょう。ね？」

「えっ」

フレデリクがきょとんとして目を丸くする。

「え、フレデリク兄さんがいつも具合が悪いのを隠そうとするのって、医師に診て貰うのが怖かったからだったの？」

ブライアンが驚愕《きょうがく》するのを見たところで、レナルドがもう耐えられないといった様子で噴き出し、お腹を抱えて笑い出した。

「そ、そんなわけあるか！　リディ、違う。そういうわけじゃない」

「誰にでも怖いものはあるわ。私も小さい頃は怖かったもの」

恥ずかしがらなくても大丈夫だとリディが言うのを聞くと、レナルドはますます笑いが止まらなくなる。

「そうだよ！　オレも小さい頃は怖かったよ。でも、大人でも怖い人はいると思うし、オレも恥ずかしいことじゃないと思う」

リディとブライアンが「ね！」と顔を見合わせるのを見てフレデリクは頭を抱え、レナルドは笑い続ける。

「レナルド、笑っていないで、なんとかしろ」

「はー……ごめん、ごめん。傑作だったものだから。でも、そう勘違いさせた兄さんが悪いよね。大人なんだから弟になんとかしろなんて言わずに自分で説明しなよ」

勘違い？　ということは、医師が怖いわけではないのだろうか。

「医師が怖いわけではないよ。ただ私は父上が退位した後、国王となる。風邪ごときで体調を崩して寝込んでいるなんて、次期国王の器として相応《ふさわ》しくないからな……だから周りに知られたくなかっただけだ」

それが理由……？

「相応しくないわけがないわ！　全く病気にならない人間なんていないもの。次期国王だって、どんな人であろうと、具合が悪くなることがあって当然だもの」

「そうだよ！　そんな人がいたら見てみたいよ！」

ブライアンがうんうんと力強く頷いて、レナルドは「そんな考えだろうと思ったよ」と呆れたようにため息を吐いた。

「兄さんは完璧主義なところが長所でもあり、短所でもあるね。もっと自分を甘やかしたら？」

「うるさいぞ、レナルド」

「レナルド様の言うことは正論だわ。ちゃんと治療を受けて！　というか、受けて貰いますからねっ！」

それでもまだ受けないと言うフレデリクの意見をリディはばっさりと切り捨て、医師を部屋に呼んだ。

診断は風邪からの発熱だった。薬を飲ませ、横になって安静にしていれば良くなるだろうとのことで三人はほっと胸を撫で下ろす。

「……心配をかけてすまなかった。これ以上同じ部屋にいては、風邪を感染《うつ》してしまう。もう一人で大丈夫だから、三人は部屋に戻ってくれ」

医師から処方された薬を飲んだフレデリクは、少しだけ身体が楽になったらしい。顔色は先ほどのままだけれど、呼吸は落ち着いている。

「ええ、レナルド様とブライアンはお部屋に戻ってお休みになって」

「リディは?」

「私はこのままここに残るわ。額のタオルも小まめに替えたいし」

昔から熱を出すと、家族が傍に付いて看病をしてくれたものだ。熱を出している時は心細いし、目を開けたら誰かがいるというのはとてもホッとして、心が温かくなった。リディもそうしたい。

「いや、気持ちだけ貰っておこう。これ以上一緒にいては風邪を感染してしまう」

「平気よ。私、身体が丈夫なの。小さい頃はよく引いたものだけど、大人になってからはほとんど引いていないもの」

どうしてフレデリク様は、人の心配はするのに、ご自分の心配をしてあげないのかしら……。

優しいけれど、嫌だ。自分のことも大切にして欲しい。

「駄目だ。レナルド、ブライアン、リディを連れて……ン……!」

苛立ったリディは、フレデリクの唇を強引に奪った。ちゅっちゅっと音を立てながら何度も奪い、頰を染めながらも「どうだ!」と言わんばかりの表情で顔をあげた。

「はい、これでもう感染ったわ。看病しても問題ないわよね」

「リ、リディ……」

フレデリクの顔が赤いのは、熱があるだけではない。

「リディ、こっちを向いて」

「え？　っ……ン！」

レナルドに名前を呼ばれて振り向くと、ちゅっと唇を奪われた。そしてその後、ブライアンにもすかさず奪われる。

「はい、これでオレたちにも感染ったね。ということで、朝までしっかり看病するから、フレデリク兄さんは安心して休んで」

「でも、二人は明日ご政務が……」

リディは自主的に勉強するくらいしか予定はないけれど、二人には政務がある。夜通し看病なんてさせられない。

「大丈夫。それに三人いるんだから、交代しながら看病すれば眠れるよ。それよりも、んー……いまいち感染り具合が弱い気がするな。リディ、もっと濃厚なのをさせてくれる？」

「えっ！」

リディが狼狽しているとブライアンがじとりとレナルドを睨み、「もっと感染りたいなら、フレデリク兄さんと直接キスすればいいでしょ」と彼女を背に庇った。

「おい、私を即死させるつもりか」

「兄さん、すまないね。俺の唇はリディ専用なんだ」

「なぜ私が謝られないといけないいんだ。私がせがんだように聞こえるからやめろ。余計具合が悪くなる」

三人のやり取りを見ていると、リディはおかしくなって、つい笑ってしまう。

もっと、三王子のことが知りたい。

もっと、三王子と一緒に過ごしたい。

三人と一緒にいると、胸の中がぽかぽか温かくて、一緒にいるのになぜかうんと胸が切なくなることがあるのはどうしてだろう。

三人の男性を夫にする背徳感や罪悪感よりも、その気持ちは強い。

これは、何……？

『ねぇ、恋をするって、どんな感じなの？』

ふと、なぜか以前侍女のカルラに質問した言葉を思い出す。

どうして……？

『姫様もいつかわかりますわ。……いいえ、もうわかっていらっしゃるのでは？』

第六章　誰に何と言われようとも構わない

フレデリクが全快してから、一か月程が経とうとしていた。リディは三王子と共に友好国であるガーネット国の舞踏会に参加していた。

　他国との交流がなかったリディにとっては、これが初めての外交となる。しかも諸外国からたくさんの王族や貴族が招かれ、とても盛大なものだった。三人の王子の婚約者ということもあり、周りから注目されるのは間違いない。本来ならすごく緊張したはずなのだけど——。

「大きな声では言えないけどさ、オレ、あんまり舞踏会とか好きじゃなくて、外国での舞踏会だと自国の時より更に気が重かったんだけど、リディと一緒だから今夜はわくわくするよ」

　照れくさそうに頬を染め、ブライアンが小さな声でリディにそっと語りかける。すると隣で聞いていたレナルドがリディの手を握り、指先にちゅっと口付けを落とす。

「俺もだよ。リディの綺麗な姿が見られるから、面倒な舞踏会も耐えられるのさ。ああ、手袋越しじゃなくて、直にキスしたいな」

「口を開くたびによくもそうペラペラと嘘が言えるな。『綺麗な女性が見られて舞踏会は最高だ』とよく言っていただろう」

「言ってた、言ってた」

フレデリクとブライアンが眉を顰め、じっとりとレナルドを睨む。

「それはリディと出会う前の話だろう。リディと出会った今、もう俺はリディしか目に入らないのさ」

数曲踊った四人は中央から離れ、渇いた喉を飲み物で潤す。三王子と一緒なら肩の力が程よく抜けて、変に緊張せずにいられた。


『ねぇ、恋をするって、どんな感じなの？』


三王子と会話を交わし、肌を重ねていき、彼らのことを知るたびに、胸の奥がとても温かくなって、切なくなる。

もっと彼らのことが知りたい。もっと触れたい。触れられたい。目を瞑ってでも思い出せるほど見つめて、その姿を記憶や心に焼き付けたい。でも、それに気付かれるのは恥ずかしいけれど、彼らの腕の中にいるとなんでも出来るような気がする。空でも飛べそうな気分になる――これをきっと……ううん、絶対に、これが恋という感情なのだろう。

でも、恋心を抱いたからこそ、生まれてきた感情もあった。

三王子はどう思っているのだろう……。

恋愛結婚じゃない。国に決められた政略結婚……自分が選んだわけではないのだから、夫婦によっては身体の関係はあっても、愛情がない場合もあるだろう。

好きな人に、自分のことも好きになって貰いたい……。

好きな人と結婚出来ることが贅沢なのに、そんな思いで胸が張り裂けそうなくらいいっぱいになり、三王子が自分をどう思っているのかという、考えても仕方がないことばかりを考えている。

「リディ、ぼんやりしてどうした？」

「えっ……」

フレデリクに顔を覗きこまれ、心臓が大きく跳ね上がる。

「もしかして、今飲んでるそれ、ジュースじゃなくて酒だったのかな？」

レナルドがリディの持っているグラスを指先でツンと突く。中身はお酒じゃなくて、リンゴのジュースだ。

「えっ！　大丈夫？　オレ、お水貰ってくるよ」

ブライアンが急いで水を取りに行こうとしてくれたので、リディは慌てて首を左右に振った。

「あ、いえ、お酒じゃないわ。大丈夫。ただちょっとぼんやりしていただけなの」

「本当に？　舐めて確かめてもいい？　ああ、もちろんグラスじゃなくて、その可愛い唇をだよ」

レナルドがニヤリと笑って耳打ちしてくるものだから、お酒を飲んだ時以上に顔が熱くなる。

「だ、だめ、あの、本当にジュースだから、心配しないで。あっ……」

勢いよく首を左右に振ったせいで、髪にいくつか付けていた花の髪飾りの一つが取れてしまった。でもこれくらいなら、自分一人で直せそうだ。

「私、お化粧室に行って直してくるわ」

三王子はお手洗いの前まで付いて行くと言ってくれたけれど、男性三人が立っていては利用したい女性が入り辛くなってしまうだろうからと断って一人で向かった。

化粧室には談笑する数名の女性がいた。扉を開けるとぴたりと会話が止まってしまい、少し気まずい。

お邪魔をしてしまったかしら……。

「ごきげんよう。失礼致しますね」

挨拶をするものの、小さく会釈されただけで声は返ってこない。なんだか嫌な雰囲気だ。早く直して、三王子の元へ戻ろう。

一番端にある鏡の前に立って、髪飾りを元通りの位置に戻してピンで留める。左右に振ったせいで至るところがちょっとずつ乱れていた。こちらも直してしまおう。

試行錯誤しながら直していると、女性たちがリディに冷たい視線を向けながらひそひそとまた話し始めた。

「あんなにがんばって……。男性の気を引くのに必死ですこと」

「三人もいるのに満足出来ないのかしら？」

「やだぁ、一緒にいたら淫乱が感染っちゃいそう」

え……？

思わず振り返ると、女性たちはくすくす笑いながら化粧室を出て行った。自意識過剰ではない。彼女たちは完全にリディのことを言っていた。

私は、淫乱なの……？

胸の奥──決して取れない場所に、ちくんと針を刺されたみたいだった。アニエスの言葉も同じところに刺さって、未だに抜けないまま……。

でも、人にどう思われようとも、リディは自分の中に生まれた気持ちを消したいとは思わなかった。

全く辛くない……と言えば嘘になってしまうけれど、周りになんて淫らな子だろうと思われるよりも、三王子の気持ちがいつか別の女性にいってしまうのではないかと想像する方が辛い。

髪を直し終え、化粧室を出てホールに続く廊下を歩いていると──。

「リディ？」

泣きたくなるほど懐かしい声が聞こえてきて、リディはたった今直したばかりの髪が乱れるのも構わずに勢いよく振り向いた。

「嘘……お、お兄様……!?」

「やっぱりリディだ……っ！　リディ、会いたかった……っ！　よかった。セラフィナイト国の王家も出席すると聞いていたから、もしかしたら会えるかもしれないと思っていたんだが、本当に会えた……！」

立っていたのは、リディの兄と元婚約者のアロイスだった。

駆け寄ってきた兄が、リディを強く抱きしめた。懐かしい匂いがして、金色の瞳からはぽろぽろ大粒の涙が零れる。

またこうして会えるなんて、思ってもみなかった。子供のように声をあげて泣いてしまうと、アロイスが頭を撫でてくれた。

「リディ、セラフィナイトで嫌な目にあっていないかい？　お前が毎日泣いているんじゃないかと私は心配で……」

「嫌な目になんてとんでもない！　泣いていないわ。セラフィナイト国の皆様はとても優しくて、私に良くして下さるもの」

「そうか。よかった」

アロイスがホッとした様子で小さくため息を吐き、またリディの髪を撫でる。まるで子供扱い……そうだ。昔からこうして本当の妹のように可愛がってくれた。

彼と結婚することにならなくてよかった。リディはまた彼を兄のように慕うことが出来る。

「お兄様、それにアロイス様、どうしてここに？　もしかしてお父様とお母様もいらっしゃるの？」

涙を拭いながら尋ねると、兄とアロイスは顔を見合わせて頷く。

「もちろん外交だよ。残念ながらお父様とお母様はご政務で出て来られなくてね。国王代理として私と、護衛にアロイスを連れてきたんだよ」

エンジェライト国を襲った苦い災害――これをそのまま昔話にするだけではなく、成長に繋げていこうというのがエンジェライト国が出した答えだった。

またこのような危機が訪れた時に支援をして貰えるように、そしてセラフィナイト国に助けて貰った時のように自国も助けられるようにと、外交を始めることにしたそうだ。

今までの歴史を大きく変えることとなるのだから、反対や批判の声も当然あった。しかし古い歴史に囚われて、国民を死なせるわけにはいかない。大切にすべきなのは歴史ではなく国民だという結論に達したらしい。

エンジェライト国がここまで変われたのは、セラフィナイト国のおかげだ。リディは心の中で、もう何度目になるかわからない感謝をセラフィナイト国に捧げた。後で三王子たちにもお礼を言おう。

「本当はもう少し早く到着するはずだったんだけれど、道が雨でぬかるんでいてね。馬車の車輪が埋まってすっかり遅くなってしまったよ」

「まあ、そうだったのね」

「……リディ、辛い思いをさせてすまなかった。でも、もう大丈夫だ」

「え？」

エンジェライト国はもう大丈夫だ――という意味だろうか。兄はリディを抱きしめる力を強めると、耳元に唇を寄せてきた。

「お兄様、苦し……」

「リディ、このまま黙って聞いてくれ。お前を犠牲になどさせない。深夜二時、王子たちに気付かれないようにそっと抜け出して、薔薇園までおいで」

え……？

「お、お兄様、何を言って……」

「一緒にエンジェライト国に帰ろう」

リディが狼狽しながらアロイスを見ると、彼もこくりと頷く。足音が近付いてくるのが聞こえ、兄はさっと身体を離す。

「じゃあ、またね」

兄とアロイスは呆然とするリディを残し、ホールへ続く廊下を歩いて行った。

私を連れて帰る……？

アロイスも頷いていた。彼も当然兄の作戦に同意しているということなのだろう。

「何を言っているの……」

リディはエンジェライト国とセラフィナイト国の架け橋だ。するつもりもないけれど、抜け出して母国へ帰るなんて出来ない。そんなことをしたら、両国で戦争に発展してもおかしくない。

兄もアロイスも、それをわかっているはずだ。二人ともとても優しい。リディがセラフィナイト国で酷い目にあわされていると思い込み、正気を失っているのかもしれない。

ちゃんと、話さなくては――。

追いかけようとしたら、兄たちと入れ替わりに三王子がこちらに向かってくる。

「リディ、遅かったから心配した。……どうしたんだ？」

フレデリクの手がそっと頬を包み込み、ブライアンが優しく手を握ってくれた。

「リディ、泣いたの？　目が赤くなってる」

「やはり一人にするべきじゃなかったね。誰に泣かされたのかな？　その者には生まれてきたことを後悔するようなお仕置きをくれてやらないとね」

レナルドが親指の腹で、まだかすかに涙に濡れている目じりを拭ってくれる。

「ち、違うの。今、お兄様とアロイス様と会って、懐かしくて、嬉しくて、涙が出てきただけなの」

「次期エンジェライト国王が？　エンジェライト国は外交を一切行わないのではなかった

のか?」

「でもこの前の災害で、自国の力だけでは国民を守れないと気付いて、これからは外交もしていこうということになったみたい」

「そうなんだ。よかったね。色々と問題も出てくるだろうけれど、今よりもきっとよくなるんじゃないかな。自国だけではやっぱり無理なこともたくさんあるだろうから」

「ええ」

あの長雨はとても辛い経験だった。しかしこの経験のおかげで、エンジェライト国はきっと良い未来に向かえるに違いない。

「アロイス……リディの元婚約者だったね。夫を放って元婚約者と浮気するなんていけない子だ。キス百回で許してあげるよ」

レナルドがニヤリと口元を吊り上げ、リディの顎をつつっとなぞる。

「浮っ……!? アロイス様は血は繋がっていないけれど、お兄様みたいなものだものっ!そんなことするわけないわっ!」

必死になって否定すると、レナルドがくすっと笑う。

「リディは兄上だと思っていても、彼がどう思っているかはわからないよ」

「もう、レナルド様……っ!」

「リディ、からかわれているだけだよ。レナルド兄さん、いい加減にしないとリディに嫌われちゃうよ?」

「もう嫌われているだろう」

「おや、嫌なことを言う兄さんだね」

三王子の言葉が遠くから聞こえて、先ほどの兄の言葉がとても近くで聞こえる。


『一緒にエンジェライト国に帰ろう』


兄も三王子と過ごす自分の姿を見れば、酷い目になどあっていない、大事にされているとわかってくれるだろう。

「あ、の……二人の兄に、皆様をご紹介したいの。付いてきてくれる？」

「ああ、もちろんだ。私もご挨拶がしたいと思っていたところだ」

「リディが慕う兄上だ。きっと素晴らしい兄上なのだろうね。羨ましいよ。俺の兄上はとんでもない鬼畜だからね」

「誰が鬼畜だ。愚弟を持つ兄の身にもなってみろ」

「リディの兄上か……会うのが楽しみだな。ねっ！　リディに似てる？」

楽しみにしてくれる三人の気持ちが嬉しくて、兄の言葉を思い出して強張っていたリディの表情が綻ぶ。

「ううん、あんまり似てないの。私はお母様似で、お兄様はお父様似だから」

「そうなんだ！　楽しみだなぁ」

ブライアンの笑顔に釣られ、リディもにっこり笑う。

しかし人が多いせいか兄たちの姿を見つけることが出来ないまま、舞踏会は終わりを迎えてしまった。

舞踏会を終えた後はガーネット城のゲストルームに一泊し、翌日の朝早くに馬車でセラフィナイト国に帰城する予定だ。

四人には四つ部屋が与えられたが、結局はリディの部屋に集まっていた。

窓の外は薔薇園だ。深夜二時になったら、兄とアロイスが待っているのだろう。

リディは当然エンジェライト国に帰るつもりはない。母国のためにも、セラフィナイト国のためにも、そして何より自分のためにも――。

行かなければ諦めるはずだ。帰る気がないのだからそれでいい。でも兄たちはリディを思って戦争に発展しかねない危ない橋を渡っている。

無視したままでいいの……？

こんなにもよくしてくれるセラフィナイト国が、酷い国だと思われたままになる。

大好きな家族に、大好きな人が酷い人なのだと思われたままになる。

「家族に会って、故郷が恋しくなったか？」

「え……」

窓の外をぼんやり眺めながら考えていたら、フレデリクが頭を撫でてくれた。

「い、え……そういうわけじゃなくて……」

「もう外交が出来るのなら結婚式にも来て貰えるし、落ち着いたら旅行に来て貰うことも出来るよ」

レナルドが右手を握り、左手をブライアンが握ってくれる。

「あ、オレ、エンジェライト国に行ってみたい。リディの思い出の場所とか、好きな場所を案内して貰いたいな」

「ええ、そうね……」

二時に行かなければリディの意思ではなく、三王子に捕まって行かせて貰えないと思われるのではないだろうか。

では、三王子に事情を話して会いに行く？

いや、そんなことを話しては、兄やエンジェライト国の心証が悪くなるかもしれない。

好きな人に、大好きな家族や国を嫌って欲しくない。

黙って抜け出して、自分は帰らない。三王子が大好きなこと、そしてセラフィナイト国はとても素敵な人達がたくさんいる素晴らしい国だと話してこよう。

しかし深夜二時といえば、セラフィナイト国でならまだ四人で愛し合っていてもおかしくない時間帯だ。上手く抜け出せるだろうか……。

今夜も求められたとしたら、確実に抜け出せない。

どうしようかと悩んだ末、リディはベッドに入ってすぐに寝たふりをしてみた。すると疲れているのだろうから起こさないようにしようと、三王子もすぐに休むことにしてくれた。

三人を起こさないようにドレスに着替え、リディは薔薇園へと急いだ。

◆◇◆

お兄様は、どこにいるのかしら……。

きょろきょろしながら薔薇園を進んでいくと、木の前に立っているアロイスの姿が見えた。

「アロイス様……！　あの、お兄様は？」

「バルド様は他の王族同様こちらに一泊し、明日の早朝に帰国する予定だ。リディが行方不明になった日にバルド様が帰国すれば、エンジェライト国に連れ帰ったと疑われるかもしれないからな」

「行方不明……私は行方不明になったという扱いにして、エンジェライト国に連れて帰るつもりだったのね」

自分を助け出すためにしてくれていることとはいえ、狡《ずる》い考えに胸の中がむかむかする。支援物資を貰い、エンジェライト国は助かった。しかしセラフィナイト国はまだ窮地にいるのだ。助けて貰って恩を仇《あだ》で返すような行動をして、エンジェライト国は平気なのだろうか。

「ああ、それしか方法がないからな。帰国次第、お前には新しい身分と名前が用意される。公の場ではもう姫として出ることも、『リディ』と名乗ることも出来なくなり、辛い思いをするだろうが、今よりは良いはずだ。さあ、早く行こう。外に馬を用意してある」

アロイスが、リディに手を差し伸べてくる。リディはその手を取ることはなく両手を胸の前で組み、ふるふると首を左右に振った。

「アロイス様、聞いて。私はエンジェライト国には戻らないわ」

「なっ……何を言っているんだ。リディ……！　正気か!?」

声を荒らげたアロイスが、リディの肩を摑む。

「自分を犠牲にして自国を救おうとするのは姫として立派なことだ。しかし俺もバルド様も王様や王妃様も、やはりお前を犠牲になどしたくない！　俺は……」

「私を心配してくれてありがとう。私が酷い目にあわされていると思って計画してくれたのね。でも私、犠牲になんてなっていないわ。だって私、セラフィナイト国で辛い思いをするどころか、毎日が幸せなの。だから安心して」

リディは三王子たちと過ごした日々を思い返し、にっこりと微笑んでそう伝えた。

「今はそうかもしれない。だがお前はもうすぐ三人の王子の妻になるんだ。それがどういう意味なのかわかっているのか!?」

三人の男性に抱かれる。それでもお前は平気なのか……アロイスはそう言いたいのだろう。しかもそのような質問をするということは、リディがまだ乙女だと思っているのだろう。

家族同様のアロイスにそのような話を振られると、気まずくて仕方がない。

「……っ……わ、わかっているわ。心配しないで……だから、あの、私、そろそろ戻らないと、皆様が起きてしまうから、行かないと……」

「大丈夫なわけがない！　ちゃんとよく考えろ！　純粋なお前にそんな真似が——皆様が起きてしまうから？　お前、あの王子たちと一緒に眠っているのか⁉」

リディは頬を燃え上がらせ、はっと口を押さえる。

「お前まさか、結婚前の身でありながら、奴らに純潔を奪われたのか⁉　汚された身だから帰れないと言っているのか⁉　……ここに来る前も、奴らに犯されていたのか⁉」

肩を掴む手に力を入れられ、リディは痛みに顔を歪める。

「そんな嫌な言い方は止めて！　私は皆様が好きなの。セラフィナイト国に嫁ぐのは、怖かったわ。三人の男性の妻になるなんて、怖くて堪らなかった。でも今は違う。フレデリク様が好き。レナルド様が好き。ブライアンが好きなの。だから私は、我慢してセラフィナイト国にいると言っているわけじゃないの。エンジェライト国には帰らないわ」

「三人の男が好きだなんて……セラフィナイト国の王子のモノは、そんなによかったのか？　そんなによくして貰えたのか⁉」

「い、いやらしい言い方は止して……っ！　そういうことじゃないわ！　私は……っ……」

まさか厳格なアロイスの口から、そんな淫らな言葉が出てくるだなんて信じられない。

聞きたくなくて耳を塞ぎたくなる。

「お前はいつからそんな淫らな女になったんだ……？　あんなに純粋で、無垢だったお前はどこに行ってしまったんだ？」

胸の奥が、ちくんと痛む。

まさか大切な人にまで言われるとは思わなかった。でも、何と言われようとも、リディの気持ちは変わらない。

「淫らであっても、なんであっても、私は皆様が好きなの。皆様の妻になれて幸せなの。だからエンジェライト国には帰らないわ」

「セラフィナイト国は……王子たちにとってお前は、呪いを解くための道具だ。お前が好きでも、あの王子たちがお前を好きかどうかなんてわからない。それでも好きだと言えるのか？」

アロイスの言葉が心に突き刺さって目の奥が熱くなり、涙の粒が零れた。

「そんなの、わかっているわ……。ずっと考えてきたことだもの。でも、好き……フレデリク様が、レナルド様が、ブライアンが好きなの……皆様の心に私がいなかったとしても、お傍にいられるだけで幸せなの」

好き過ぎて、胸が苦しい――。

「……こんなことなら、大切にしておくんじゃなかった」

「え？　きゃ……っ……い、嫌……っ！」

アロイスの顔が近付いてきて、口付けの予感にリディはすぐに顔を逸らした。

「純粋なお前に男である顔を見せれば怖がらせてしまうだろうと、嫌われてしまうだろうと思ったから我慢していたのに、こんな淫らな女だったのなら我慢せずに奪ってしまえばよかった……！」

「……っ……痛っ……アロイス様、離して……っ」

いつも穏やかだったアロイスの瞳は、見たことのない恐ろしい目付きをしていた。肩に置かれた手を振り払おうとしても、指が食い込むばかりで離してくれない。

目の前にいるこの人は、本当にアロイス様なの？　本当にあの優しいアロイス様なの？

「そうすれば淫らなお前は俺の身体が忘れられず、エンジェライト国に帰ってきてくれたはずだ。……ああ、今でも遅くない。王子たちの感触など、俺が消してやる……！」

「は、離して……っ……いやっ……！」

アロイスは恐怖で震え上がるリディの顎を掴み、強引に唇を奪おうとする。リディは切れそうなくらい下唇を噛みしめ、渾身《こんしん》の力でアロイスの胸を叩く。しかし屈強な彼にとってその攻撃は、蚊に刺されたくらいの刺激でしかなかった。

絶望で頭がいっぱいになり、現実から逃げ出すようにぎゅっと目を瞑ると、リディの唇に訪れた感触は唇の感触ではなかった。

「ん……っ！」

ふわりと、リディの好きな香りが鼻腔をくすぐる。

恐る恐る目を開けるとリディの口を塞いでいたのはアロイスの手ではなく、レナルドの手だった。彼は片手でリディの口を押さえ、もう片方の手でアロイスの手首を摑んでいる。

「人の婚約者に口付けしようとするなんて、どういうつもりかな？　元婚約者殿」

アロイスの喉仏には、両側からフレデリクとブライアンの剣の先が突き付けられている。少しでもアロイスが動けば、少しでもフレデリクとブライアンが手を動かせば、致命傷になるだろう。

「くっ……」

「フレデリク様、ブライアン、やめて……っ！　アロイス様を傷付けないでっ！　その人は私の大切な家族なの……！」

レナルドの手を退け、リディは涙を流しながら必死に懇願した。アロイスはその表情を見て、はっと目を見開く。

怖かった。家族はこんな風に唇を奪おうとしない。でも咄嗟に唇から飛び出したのは、やはり「私の大切な家族」という言葉だった。

「ゆっくりと後ろに下がれ。リディに少しでも触れたら殺す」

フレデリクの命令に、アロイスは素直に従う。

「こんなにも慕ってくれるリディを悲しませて、男として恥ずかしくないの？」

ブライアンの一言にアロイスはぎゅっと拳を握りしめ、目を閉じて深呼吸をする。そうして開いた彼の目は、リディの知っている穏やかな瞳に戻っていた。

アロイスがリディから距離を取ったところで、二人は剣を収める。

「…………リディ、酷いことを言って……兄として失望させて、すまなかった」

「アロイス様、あの……」

アロイスは悲しげな微笑みを浮かべると、リディの言葉を待たずにその場を去って行った。

「だから言っただろう？　『リディは兄上だと思っていても、彼がどう思っているかはわからないよ』ってね」

極度の緊張が解けたリディは、膝から崩れ落ちそうになる。膝が床に突く前にレナルドが支え、軽々と横抱きにする。

「み、皆様、どうして……いつからここに……？」

「最初からだ。部屋を出た時から後を付けていた。……部屋に戻るぞ」

誰にも見られていないか注意しながらここまで来たのに、三人に後を付けられていたなんて全く気付かなかった。

「兄上に会ってから、ずっと様子がおかしかったからな。しかもなぜか寝たふりまでし始めたから何かあるのではないかと思っていた」

まさか、寝たふりまでばれていたなんて……。

「騙《だま》されたふりをしてごめんね。でも、聞いてもリディは教えてくれないだろうなぁって思って……」

ブライアンが本当に申し訳なさそうに謝ってくる。

悪いのは私なのに……。

元々ある罪悪感が、更に大きくなる。

「抜け出したリディが彼に駆け寄っていった時は、逢引きする気だと思って胸が張り裂けそうだったけれど、まさかあんな熱烈な告白が聞けるなんて思わなかったね。すぐに出て行ってこの愛らしい唇を奪って押し倒したい気持ちでいっぱいだったよ」

「あ……そ、それ……は……」

レナルドに顔を覗きこまれ、リディは顔から火が出そうなほど赤面する。

「うん、すっごい照れた。木の上から落ちるかと思ったよ」

どうやらブライアンは木の上にいたらしい。音なんて一切しなかった。一体どうやって上ったのだろう。

「……あ、の……私、自分で歩けるわ」

「駄目だよ。また他の男の下へ飛んで行かれてはかなわないからね」

「……っ……ごめんなさい……」

そうよね……。

自業自得とはいえ三王子の信用をなくしたこと、そしてアロイスの言葉や、彼が自分を女性として見ていたこと、様々な気持ちが複雑に入り乱れて、リディは泣きそうになる。

「相変わらずお前は意地が悪いな。リディ、レナルドではなく私のところにおいで」

「レナルド兄さんの鬼畜！　リディ、泣かなくていいよ。レナルド兄さんは鬼畜で意地悪なだけだから。リディがそんなことしないってわかってるからね」

「フレデリク様……ブライアン……」

「おやおや、俺を悪者にしてリディの好感度を上げようという作戦かい？　酷い兄弟だ」

レナルドは部屋に入るなりリディをベッドに押し倒し、唇を深く奪った。

「ン……っ……んん……っ」

フレデリクとブライアンも続いて奪ってきて、リディは呼吸を整える余裕すら与えられなかった。さっきまで様々な感情が入り乱れて破裂しそうだった頭の中がとろけて、何も考えられなくなる。

「気持ちを伝えてはあなたを追い詰めるような気がするから控えていたが、そのせいで心を痛めさせていたとは悪いことをした。すまない」

フレデリクが申し訳なさそうに謝ってくる。

どうして謝ってくるのだろう。頭の中がぼんやりしていて、なんのことかわからない。

「元婚約者のせいで気付かされるのは少々悔しいけどね」

「兄さんたちが止めるからだよ！　オレはいつも伝えたかったのにさ。ねえ、リディ、あの、好きって言ってくれてありがとう。オレの気持ちも聞いてくれる？」

気持ち……？

一気に我に返り、リディは涙目になる。

「い、嫌……っ！」

「うん、オレ実は……ってえ⁉　ど、どうして？」

三王子が自分をどう思っているか気になる。知りたい。でも怖くて堪らない。このまま知らずにいれば、いつか自分のことを好きになって貰えるかもしれないという希望を持って生きていられる。でも答えを言われたら、もう夢を見られなくなってしまう。

「ブライアンの気持ちなんて知りたくないってさ。今のキスが下手で嫌われたんじゃない？」

「う、嘘！　リディ、下手だった⁉　オレ、下手だったかな？」

あまりに動揺しすぎて、ブライアンはレナルドのいつもの軽口を本気に取って狼狽する。

「そ、そうじゃなくて、まだ、夢を見ていたいから……答えを知ったら、もう夢を見られなくなってしまう、から……」

どうか答えを言わないで欲しいと懇願すると、金色の瞳からぽろぽろ涙の粒が落ちていった。

「母国のために一人犠牲になって我が国へ嫁ぐ勇気はあっても、私たちの気持ちを聞く勇気はないのか？」

フレデリクが涙を拭ってくれるけれど、拭ってくれる先からすぐに涙が溢れ、どんどん零れる。

あの時も怖かった。でも、今の方があの時よりも、ずっと怖い。

呆れられてしまうだろうか。

　震えながらも素直に頷くと、口元を綻ばせたレナルドがわざとらしいため息を吐く。

「伝えたい気持ちを伝えられないとは困ったものだね。ああ、そうだ。俺たちがリディの気持ちを盗み聞きしたように、リディにも俺たちの気持ちを盗み聞きして貰えばいいんじゃないかな?」

「え、どういうこと?」

「何を言ってるんだ。お前は」

　本当にどういうこと?

　リディだけではなく、フレデリクとブライアンも目を丸くしている。

「ということで、第一回シャミナード家兄弟会議を始めようか。議題はリディについてどう思っているかだよ」

「あ、なるほど!」

「伝えるのではなく、勝手に話しているのを聞いて貰おうというわけか。ひねくれ者のお前らしい考えだな」

「ああ、お褒めにあずかり光栄だよ」

　フレデリクに「褒めていない」と言われても、レナルドは全く気にしない様子で笑う。

「じゃあ、俺から先に言わせて貰おうかな」

　盗み聞きというのは、密かに聞くことだ。三王子たちはリディを囲んで話している。これでは全く盗み聞きになっていないし、彼らの気持ちを聞いてしまうことに変わりはない。

待って欲しいと言っても止めてくれないものだから、リディは手で耳を塞ごうとする。

しかしフレデリクとレナルドが手を握っているものだから耳を塞げない。

ああ、いっそのこと意識を失ってしまいたい。

眠れば意識は失えるだろうけれど、眠れるはずもなかった。

「俺はリディを愛しているよ」

「え……」

レナルド様が、私を……？

「昔から妻に迎える女性は全力で愛そうと決めていたけれど、実は自信がなかったんだ。今までたくさんの女性と付き合ってきた経験があれども、恋をしたことは一度もなかったからね。でも、リディは違ったんだ。使用人のふりをして接触した時は、か弱そうな女性で、守ってあげたいと思った。でも謁見の間で母国や我が国に対する思いを語ってくれたあの時のリディは、決してか弱くなかった。凛としていて、美しくて、目が離せなかったよ。あの時からリディは俺の特別になったんだ。もしエンジェライト国に別の姫がいたとして、その姫が嫁いできたとしても、俺はこんな気持ちにはならなかったよ」

リディが驚きすぎて何も言えずにいると、ブライアンが身を乗り出した。

「あっ！　オレも、謁見の時のリディが堂々としていて、すごく綺麗だと思った。今でも思い返しちゃうぐらいに」

「思い返しているのはそれだけ？　夜のリディも思い返してるんじゃないのかな？」

ブライアンと同時に、リディも頬を真っ赤に染める。

「ちょ……っ……リディの前でなんてこと聞くのさっ！　そんなの内緒だよ！」

「……ブライアン、それは内緒になっていないぞ」

「あっ……！　そ、そっか、し、してないよ。してないからねっ!?」

ブライアンはリディに向かって必死に否定するものの、目が泳いでいて誰が見ても嘘だということがわかる。

「そんなことより……」

「あ、誤魔化したね？」

「レナルド兄さん、うるさいよっ！　そんなことよりさ」

ブライアンが流れを変えようと、少し大きめに咳払いをする。

「オレもリディが大好き！」

外にまで聞こえるのではないかというぐらい大きな声だった。本人もそこまで大きな声が出ると思っていなかったのか、はっと口を押さえる。

声の大きさ以上に、リディはブライアンの気持ちに驚いていた。

嘘……。

「ブライアン、声が大きい。深夜だぞ」

フレデリクに注意され、ブライアンは苦笑いを浮かべる。

「あ、ご、ごめん。つい、気合いが入り過ぎて……実はオレがリディを好きになったのは、最初に会った時からなんだ。きっと一目惚れしちゃったんだと思う。すっごい可愛くて、綺麗で、目に焼き付ける勢いで見たいって思ってるのに、恥ずかしくてなかなか見られなくて……こんなに素敵な子と結婚出来るなんて、一生の運を使い果たしちゃったんじゃないかな？　って思ったよ。しかも見た目だけじゃなくて性格もよくてさ……優しくて、こんな子がいるんだー……って驚いた」

驚愕したリディが目を大きく見開いていると、彼女の手を握っていたフレデリクの手に力が入る。彼に視線を向けると、青い瞳が真っ直ぐにリディを見つめていた。

「私もリディを愛している」

「……っ……え……」

嘘……本当に……？

「正直に言うと、初めは妻を迎えるということに何も関心を持てなかった。妻を迎えることは、単なる通過儀礼としか思っていなかったんだ」

「あ、確かにフレデリク兄さんってそういうところあるよね」

「責任感は強すぎるほどに強いけれど、どこか冷めているというか……まあ、王族の長男だしね。周りからの期待が重圧になったり、環境も影響してそうなったんだろうけど……」

「止めろ。私を分析するな。気持ちが悪い上に気分が悪い」

きついことを言われているのに、レナルドとブライアンは全く気にしていない様子で笑う。

「リディと薔薇園で出会った時、美しい女性だとは思った。思ったが、私にとってそれは薔薇と同じだった。美しい……でもそれ以上に感じるものは特にない。でも謁見でリディが母国や我が国に対する想いを話してくれた時、衝撃を受けた。私は王子として、次期国王として、この国を守らなくてはならない。そのためになくてはならないのは、絶対の強さだと思っていた。だがリディの慈悲深い心を目の当たりにした時、なくてはならないのは強さだけではないと、今まで抱いてきた自分の考えを改めるきっかけとなった」

「フレデリク様……」

「本当に衝撃だった。まさか他国の姫からきっかけを貰うなんて夢にも思っていなかった。どうしたらこのようなことを考えられるのか、他にはどんなことを思っているのか、もっと知りたくて、知れば知るほど気持ちが揺り動かされて、気が付いたら私の心はリディでいっぱいになっていた。次期国王としてだけではない。男としてもだ。父上から王位を受け渡された時、立派な国王にならなくては……完璧な王にならなくては……ということでいっぱいだった私の心の中に、風が吹いたみたいだった」

都合のいい夢を見ているのだろうか。

「これは……ゆ、め……なの？」

次から次へと大粒の涙が溢れ、涙で溺《おぼ》れてしまいそうだ。

ああ、夢ならどうか覚めないで――。

「夢かどうか、確かめてみるといい」

「え？　あっ……」

三王子は泣きじゃくるリディを生まれたままの姿にすると、口付けをしながらリディの弱い場所を同時に愛撫してくる。

三王子たちの手が、白くまろやかな肢体を淫らになぞっていく。

「ぁっ……んっ……ぁっ……あぁっ……」

口付けだけでリディの胸の先端は吸ってほしそうに尖り、フレデリクとレナルドがぷっくりと膨れていた乳輪ごと口に含み、舌を巧みに這わせていく。

「ねえ、リディ、夢だって思う？」

ブライアンは快感に震えるリディの両足に手をかけ、ゆっくりと広げる。たっぷりと濡れた秘部は、開かされただけでくちゅっと音を立てた。

ブライアンは恍惚とした表情でなぞるようにそこをじっくりと眺めると、顔を埋め、ひくひくと疼いている敏感な蕾を咥えた。

「ひぁっ！　あっ……や……んんっ……あっ……んんっ……」

とめどなく溢れるリディの淫らな蜜をわざと音を立ててすすりながら、ブライアンは敏感な蕾を舐め転がす。

頭の中が真っ白になって、快感の波が足元から押しあがってくる。快感で潤む瞳から流れる涙は、先ほどとは意味が違う涙になっていた。

こんなに気持ちいいのに、夢のわけがない。

「リディ、夢だと思うか？」

あまりの気持ちよさにブライアンの質問に答えられずにいると、胸の先端から唇を離したフレデリクが耳元で囁き、蜜を溢れさせている小さな膣口に指をつぷりと入れ、抽挿を繰り返す。弱い場所に当たるたびに切なくなって、中が激しく収縮を繰り返した。

「ぁっ……んんっ……ゆ、夢……じゃ、ない……っ……」

三王子の気持ちも自分にあると知ったからだろうか、今まで以上に気持ちよくて堪らない。

「わかってもらえてよかったよ。もう遠慮はいらないね。これからは言葉でも身体でもキミへの愛を伝えていくよ」

レナルドは胸の先端から口を離すと、代わりに指でくりくりと転がし、リディの唇を奪う。

私も人に言っていたところを聞いて貰うんじゃなくて、皆様へ気持ちを伝えたい……。

「……ン……す、す……きっ……」

レナルドの唇が離れていくと同時に、とろけた舌を必死に動かして気持ちを口にした。

「ん？　こうされるのが好き？」

レナルドはくすっと意地悪な笑みを浮かべ、胸の先端を指の腹でくりゅっと潰した。

「ひぁんっ……ち、違……わ、たし……っ……あっ……あぁっ……だ、だめ……」

言いたくても喘ぎに邪魔されて、気持ちを口に出来ない。何度も言おうとしたけれど全て失敗に終わり、やがて絶頂に呑み込まれた。

「リディ、気持ちいい？　今、もっと気持ちよくしてあげるよ」

ブライアンは唇に付いた蜜をぺろりと舐めて身体を起こすと、先ほどまでフレデリクの指が埋まっていた小さな膣口に、反り立った自身を宛てがう。

「好きだよ。リディ……今まで伝えるのを我慢した分、これからいっぱい言うからね」

ブライアンは一気に欲望を最奥まで埋めると、自分の中にある熱い気持ちをリディの中に刻みつけるように激しく揺さぶった。

「ひぁんっ……あっ……あぁっ……んんっ……あっ……あぁっ……！」

揺さぶられるたびにミルク色の胸が誘うように上下に揺れ、フレデリクとレナルドが揉みしだきながら先端を舌でなぞる。

「あっ……あっ……す……きっ……好き……なの……っ……ぁん……っ……んっ……んんっ……！」

「え？　好き？　気持ちいい？　これ、好き？」

ブライアンが嬉しそうに尋ねてきて、リディは髪を乱しながら首を左右に振る。

確かにとても気持ちがいいのだけど、そうじゃない。リディは気持ちを伝えたいのだ。

「あ、よくなかった？　調子に乗っちゃった」

しょんぼりしながらも腰を振り続けるブライアンを見て、フレデリクとレナルドが堪え切れずにくくっと笑う。その振動は唇から胸の先端に伝わってきて、リディは奥まで咥えこんでいるブライアンを締め付けながらびくびく身悶えを繰り返した。

「ン……っ……ぁ……リディ、そんなに締め付けちゃ……だめだよ……気持ちよすぎて、長く、持たなくなっちゃう……から……」

「……っ……だ、だって、フレデリク様とレナルド様が……ぁんっ……」

「すまないな。でも、少し笑っただけだぞ？　リディが感じやすすぎるのではないか？」

「人のせいにするなんていけない子だね。そんないけない子にはお仕置きが必要だね。ほら、手を貸して」

レナルドに手を操られて、握らされたのは彼の大きくなった欲望だった。

「この前みたいに動かして、俺のも気持ちよくして？」

耳元で甘く囁かれ、リディはゆっくりと手を動かした。

「んっ……ぁっ……で、でも、上手く……できな……っ……」

「そんなことないよ。すごく上手だよ。俺もたくさんリディを気持ちよくしてあげるからね」

レナルドはブライアンので目いっぱいに広がった膣口の上にある敏感な蕾に指を伸ばし、ぷりぷりと転がす。

「ぁんっ……あっ……あぁっ……！」

指先や手の平に淫らな感触が伝わってくる。どうしたら気持ちよくさせられるかはわからない。身体も頭もとろけて何も考えられないし、上手く指先すらも動かせないし、感じると手の動きが止まってしまう。

それでも気持ちよさそうに息を乱してくれて嬉しい。リディはもう一方の空いている手を伸ばして、フレデリクの欲望をそっと包み込む。

「……っ……リディ……？」

はち切れそうなほど大きくなった欲望が、包み込むとぴくりと動くのがわかった。

「フレデリク……さ、ま……も……気持ちよく……なってもらいたい……の……上手く……出来ない、けど……」

「いや、とても気持ちいいよ。触れられているだけで達してしまいそうだ……」

やがてリディはブライアンを搾り取るように中を収縮させながら、激しい絶頂の波に呑み込まれ、彼も同時に熱い欲望を弾けさせた。

ブライアンはとろけるように瞳を細め、小さく喘ぎを漏らす。全てをリディの最奥に注ぎ終えると、名残惜しそうに己を引き抜いた。

「リディ、一緒に達けたね。おそろいだ」

気恥ずかしそうに微笑んだブライアンは、リディの唇にちゅ、ちゅ、と啄むように口付けを落とす。

「リディが同時に達してくれてよかったね。俺としてはリディが達く前に射精したブライアンの気まずそうな顔も見てみたかった気がするけれど」

「不吉なこと言わないでよっ！　いつか本当になったらどうするのさっ！」

レナルドに茶化されたブライアンは、不吉な想像をしてしまったらしい。

フレデリクは絶頂に達して力が入らなくなったリディの手から自身を引き抜くと、ひくひく収縮を繰り返している膣口に宛てがい、一気に腰を進めた。

「ひぁ……っ……!?」

入れられただけでまた達ってしまい、リディは背中を弓のようにしならせた。

「たっぷり気持ちよくして貰ったから、お返しをしないとな」

「あっ……や……んんっ……ま、待って……フレデリクさ、ま……っ……あぁんっ……！」

好きと伝えたいのに、激しい腰遣いと胸への愛撫により気が遠くなるほどの快感が襲ってきて、どう頑張っても喘ぎしか出てこない。

「リディ、オレのも手でして？　オレもリディの手でしごかれたい……」

手を操られて握らされたブライアンの欲望は、達したばかりなのに硬さを保っていて、何度か扱くと完全に元の硬さに戻った。

先ほどたっぷりと出したブライアンの欲望とリディの蜜が、フレデリクの分身によって掻き出され、窄まりまで垂れてシーツを濡らした。

フレデリクが欲望を放っても、リディは気持ちを口に出来ない。呼吸をすることが精一杯で口から出た言葉は全て喘ぎとなっていたし、唇を奪われると喘ぎすらもこぼせない。

「リディ、おいで」

フレデリクの欲望を引き抜かれたリディはレナルドに身体を持ち上げられ、寝転ぶ彼の上に立ち膝で跨《またが》る体勢にさせられた。

「ま、待って、私……ぁ……っ……」

レナルドは欲望の上にリディを導く。彼女の手によって扱かれていた欲望は血管が浮き出るほど膨張し、膣口に宛てがわれると肌が粟立つ。

好きだって、言いたいのに……！

「さあ、このまま腰を落として」

「ふぁ……っ」

リディが自分で落とさなくとも、レナルドが支えている手を離せば力が抜けて、あっという間に彼を最奥まで呑み込んでしまう。

あまりにも深いところに彼を感じ、リディは大きな嬌声をあげた。

「ふふ、中がびくってしたよ。たまにはこういうのもいいだろう？　下から突き上げてあげるよ」

下から突き上げられるたびに身体が持ち上がり、また体重でレナルドの大きな欲望を奥まで満たすこととなる。上下に揺れる胸はフレデリクが後ろから揉みしだき、敏感な蕾はブライアンが横から指の腹で転がす。

「ぁんっ……あぁんっ……はっ……す、き……っ……ぁっ……あっ……んっ……あんっ……はんっ……ン……っ……ぁあ……っ」

「この体位が気に入ったのかな？　気持ちいい？」

気持ちいいけれど、そうじゃなくて――。

ようやく言えても別の意味に取られてしまい、リディは最後まで彼らに気持ちを伝えられなかった。

◆◇◆

たっぷりと愛し合った四人は、生まれたままの姿でベッドに寝転ぶ。何度も絶頂を迎えたリディはとろけて、もう指一本動かせない。

「そういえば、リディの気持ちを直接聞いていないな」

「え……」

フレデリクが何気なく零した言葉に、レナルドとブライアンも同意する。

「あ、そうだね。盗み聞きはしたけど、直接言って貰ってなかった！」

「ぜひ直接聞きたいね。ああ、想像するだけで胸が高鳴るよ」

先ほどから必死になって伝えようとしても空回りに終わっていたリディは、努力が報われていないことにだんだん悔しさを覚え、真っ赤な顔で子供のように頬を膨らませる。

「え、リディ、どうしたの？」

リディはうつ伏せになり、枕に顔を埋める。

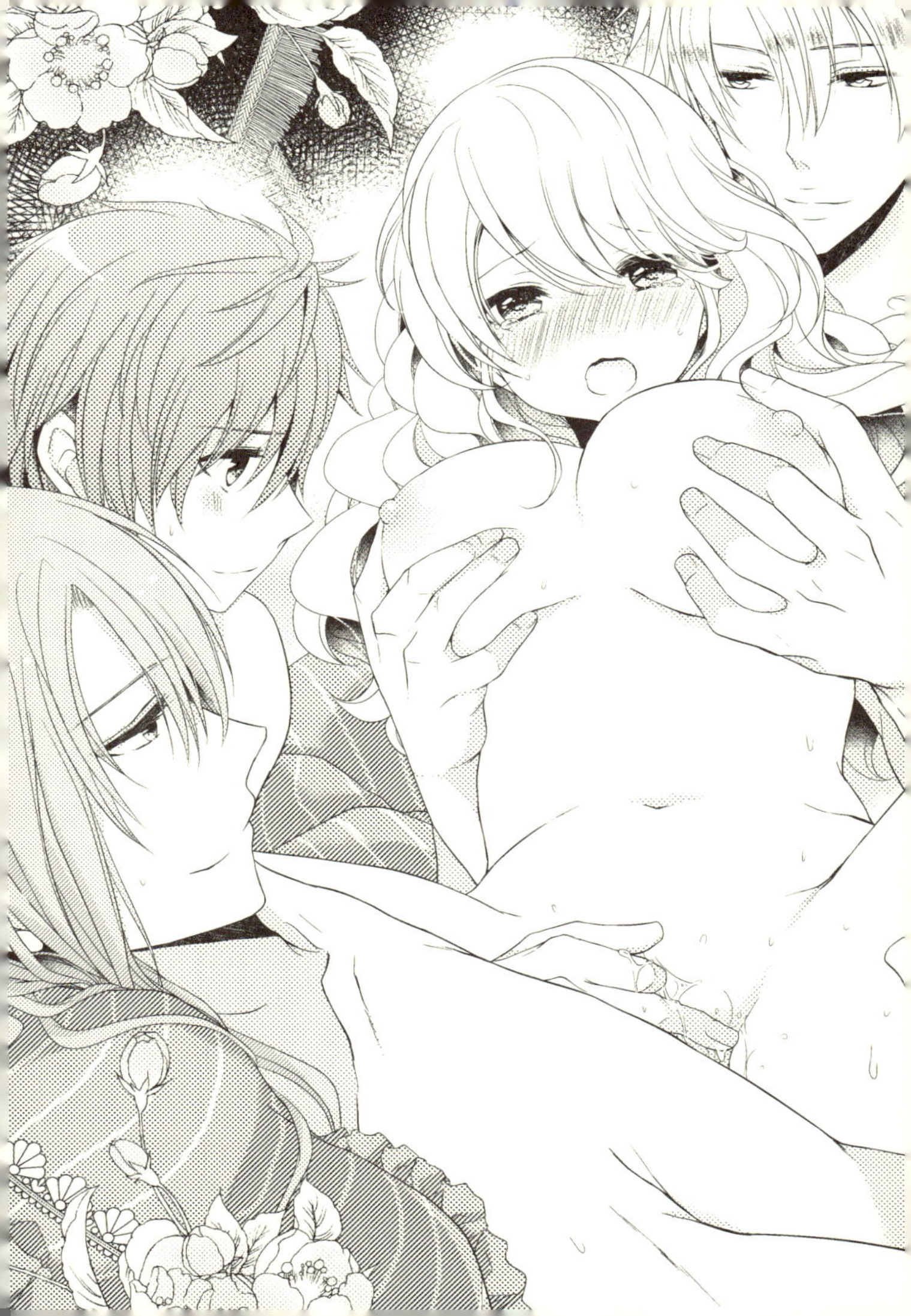

「さっきから、ずっと言ってたのに……」

ぽつりと訴えると、三王子が目を丸くする。

「……もしかして『その愛撫が好きだ』という意味で言っていたのではなくて、気持ちを伝えていたのか？」

はっきり言葉に出されると恥ずかしくて、リディは「もう知らないっ！」と意地を張ってしまう。

気持ちを言葉にして伝えるって決めたのに、意地を張ってどうするの……！

自己嫌悪に陥っていると、王子たちがほぼ同時に大きなため息を吐くのがわかった。

呆れられてしまったのだろうかと不安になっていたら、背中やお尻に三人分の口付けの雨が降ってくる。

「ひゃぅっ……！　あっ……な、なに？　どうしてキス……んっ……やんっ……くすぐったい……」

「キミが可愛いのがいけないんだよ。ああ、どれだけ俺たちを夢中にすれば気が済むんだい？」

ま、まさか……。

お尻に誰かの硬くなったものが当たっていて、リディはとろけていた目を大きく見開く。

「リディ、もう一回したくなってきちゃった……だって可愛すぎるもん」

「や……だ、だめ……っ……も、これ以上なんて……ぁっ……」

蜜や三王子の欲望でとろとろになっている花びらに、フレデリクの指が潜り込んでくる。

「今度は勘違いなどしたりしない。だからリディ、あなたの気持ちをもう一度聞かせてくれ」

もう空が明るくなってきたというのに、四人の睦み合いに終わりは見えない。

翌日——セラフィナイト国を目指す馬車の中では、四人の幸せそうな寝息が響いていた。

エピローグ　四人の新婚生活

　盛大な結婚式を無事に済ませ、一年ほどが経とうとしていた。

　リディが嫁ぐことでベティーナ姫の呪いが解けるなんてことがありうるだろうかと半信半疑の者も多かったが、ここのところ立て続けに女児が生まれているとの報告が続き、国中が笑顔に包まれていた。

　そんなある日のこと——。

『リディ、ごめんね。お願いだから、機嫌を直して？』

『ああ、リディすまなかった。許してくれるのなら、俺はなんだってするよ。何をして欲しい？　なんでも言ってくれ』

『じゃあ、今すぐその長ったらしい髪を切って、丸坊主にしてこい』

『兄さんには言っていないよ。俺は可愛いリディに聞いているのさ』

『元はと言えばお前が下らない嘘を吐くからこのようなことになっているのだろう。責任を取れ』

リディは部屋に鍵をかけて三人の旦那を締め出し、幾重にも重なったカーテンの中にあるベッドの中に一人、枕に突っ伏していた。

そう、彼女は怒っているのだ。

「フレデリク様もブライアンも黙っていたのだから同罪だわ。何でもして下さるのなら、今夜はお部屋に帰って。私は一人で寝るから」

初夜の時、性的に興奮すると乳首から甘い香りがするから、隠しても無駄だと教えて貰った。リディはそれを信じ込んでいたのだけれど、今日の昼に使用人のエマとの会話で嘘だということに気付いたのだった。

エマは夫と行為の最中、窓を開けっ放しにしていたせいで蜂が入ってきて怖い思いをしたそうだ。リディも十分気を付けるようにと言われ、胸の先端からする甘い香りに誘われたのかしらと呟いたことにより、レナルドの吐いた嘘が明るみになったのだった。

『わかったよ……リディ、本当にすまなかった。この命をもって、俺はこの罪を償うよ』

「……命!?　ま、待って！　早まらないで……っ！」

慌てて飛び起きて鍵を開けると、満面の笑みを浮かべるレナルドと、彼にじとりと呆れた視線を向けるフレデリクとブライアンの姿があった。

「こんなに慌てて止めてくれるなんて感動だよ。リディ、ありがとう。愛しているよ。もう嘘なんて吐いたりしないから、どうか一人で寝るなんて言わないでおくれ」

レナルドはひょいっとリディを抱き上げてベッドの方へすたすた歩き、フレデリクとブライアンもそれに続く。

「きゃあっ！　もう！　私怒っているのよ⁉　本当に本当〜にっ！　怒ってるのよ⁉」

「……リディって、怒り方も可愛い」

「そうだな。レナルドは何をしてもふてぶてしいのに、リディは何をしても可愛い」

「おやおや、酷いことを言う兄さんだ。リディ、慰めておくれ」

抱きしめられたり、頬や唇に慈しみと愛情に満ちた口付けを落とされると、怒っているのがなんだかだんだん馬鹿らしくなってきて、やっぱり四人一緒に眠りたいと思ってしまう。

「……今度嘘を吐いたら、本当に許さないんだから。嘘を吐かないって約束してね？」

三王子は当然リディの願いを拒むことなく、もちろんだと約束した。そして嘘を吐かない代わりに、リディを今夜もたっぷり味わいたいという交換条件を出す。

リディも三王子同様に、その願いを拒むことはなかった。

――今夜も幾重にも重なったカーテンの中のベッドで、甘い愛を囁く三王子の声とリディの甘い声が響く。

あとがき

こんにちは、七福《しちふく》さゆりです！

『三人の王子の独占愛　みだらな政略結婚』をお買い上げいただき、誠にありがとうございます！　フレデリク、レナルド、ブライアンという三人の絶倫な夫を持つことになったタフなヒロイン、リディのお話はいかがでしたでしょうか？

本作は背徳感なし！（リディは感じていたようですが……！）幸せいっぱい！　夢いっぱい！　おっぱいいっぱい！　エロいっぱい！　のほんわか逆ハーレムがテーマでございました。

リディと三王子が仲良しなのはもちろんのこと、兄弟仲がとても良いので、執筆していてとっても楽しく、そしてほんわか温かい気持ちになりました。

全員タフなので、将来はきっと野球チームが出来るくらい子だくさんの家庭になると思います！　フレデリクは作品中風邪を引いていましたが、発熱するのは十年ぶりぐらいだと思います。レナルドは風邪を引いたことは人生で一、二度くらいで、ブライアンに至っては風邪を引いたとしても、引いたことに気付かずに治すタイプです。

リディは幼い頃に体調を崩すことはあっても、大人になってからはほとんどないと思われます。全員本当にタフです！　立派な子供がたっくさん生まれるでしょう！　きっと子供の孫が生まれる頃、また子供が生まれるとかそういうパターンだと思います。お城が賑やかになりそうですね。

あ～書き切れなかったエピソードがたくさんあって、名残惜しいです！　書き終わっちゃったのが寂しいです。まだ書きたい！

挿絵をご担当して下さったのは、あみ子《こ》先生です！　とっても可愛いイラストを本当にありがとうございます！　担当様からイラストを見せて頂くたびに、もう可愛すぎるし、カッコ良過ぎるし、もうもうもう！　どうする!?　この気持ちをどうしたらいい!?　最高すぎる！　と、テンションがあがりました！　登場人数がとても多く、本当に大変だったと思います！　あみ子先生、本当にありがとうございます！

さてさて、ここからは、作品の裏話的なものをしていけたらと思います！

まずはリディの元婚約者アロイスです。彼には色々と本当に不憫な思いをさせてしまいましたが、大丈夫です！　今は辛いかもしれませんが、彼にもちゃんと幸せがやってきます！

リディが嫁いでから数年後、リディの両親に第三子である女の子が誕生致します。彼女がアロイスにベタ惚れし、別の貴族男性と婚約させられますが、「私はアロイス様一筋だからっ！」と、年頃になった時彼に夜這いを仕掛け、彼と自分の両親に「私がアロイス様を襲いました。責任を取らせて下さい！」と宣言し、念願だった彼のお嫁さんになります。（両親たちは、あまりのとんでもない行動に卒倒すると思いますが）

力の差で敵わないとお思いかもしれませんが、ご安心下さい！　抜かりはございません！　セラフィナイト国からレナルドを通して強力な媚薬と軽い睡眠薬を輸入し、そちらを盛って、縛りつけた上でゲットする次第です！　策士・レナルドおじさんの作戦です！

アロイスも長年の彼女のアプローチに心惹かれているのですが、年齢が気になって手を出せなかっただけなので願ったり叶ったり！

そしてセラフィナイト国のその後ですが、数十年をかけて女児の出生率は元通りに戻りますが、一妻多夫制はしばらく続きます。

きっとリディがおばあちゃんになってもまだ続いているのではないでしょうか。女児が生まれるようになったとはいえ、男女比率が元通りになるまでは長い時間がかかるでしょうから、リディの子供たち、もしくは孫たちの世代に、また一夫一妻制に戻るはずです。

……ということで、あっという間にページが埋まりました！

今回のあとがきは、友人に「あとがきに何が書いてあったら嬉しい？　作品の裏話とか嬉しい？」と尋ねたところ、嬉しいよぉ！　と答えて頂いたので、こういった形でお送り致しました！　いかがでしょうか？　楽しんで頂けたらいいな〜。

あとがきにこういうのが書いてあったら嬉しいよ！　っていうのがあったら、教えて頂けますとすっごい嬉しいです！　どうかよろしくお願いします！

ではでは、またどこかでお会い出来ることを祈り、この辺で失礼致します！

最後になりましたが、本作を制作するにあたってご協力いただきました担当様、あみ子先生、関係各社の皆様、そしてお買い上げ下さった読者の皆様、本当にありがとうございました！

【ブログ】ameblo.jp/mani888mani/　【Ｔｗｉｔｔｅｒ】@7fukusayuri

ILLUSTRATION GALLERY
フレデリク
ブライアン
レナルド

リディ

カバー別案ラフ

カバーラフ

三人《さんにん》の王子《おうじ》の独占愛《どくせんあい》

ティアラ文庫をお買いあげいただき、ありがとうございます。
この作品を読んでのご意見・ご感想をお待ちしております。

✦ ファンレターの宛先 ✦
〒102-0072　東京都千代田区飯田橋3-3-1
プランタン出版　ティアラ文庫編集部気付
七福さゆり先生係／あみ子先生係

ティアラ文庫&オパール文庫Webサイト『L'ecrin《レクラン》』
http://www.l-ecrin.jp/

著者――**七福さゆり**（しちふく　さゆり）
挿絵――**あみ子**（あみこ）
発行――**プランタン出版**
発売――**フランス書院**
〒102-0072　東京都千代田区飯田橋3-3-1
電話（営業）03-5226-5744
（編集）03-5226-5742
印刷――誠宏印刷
製本――若林製本工場

ISBN978-4-8296-6775-0 C0193

© SAYURI SHICHIFUKU,AMIKO Printed in Japan.
本書のコピー、スキャン、デジタル化等の無断複製は著作権法上での例外を除き禁じられています。
本書を代行業者等の第三者に依頼してスキャンやデジタル化することは、
たとえ個人や家庭内での利用であっても著作権法上認められておりません。
落丁・乱丁本は当社営業部宛にお送りください。お取替えいたします。
定価・発行日はカバーに表示してあります。

ティアラ文庫

Tia6748

♥ 好評発売中! ♥

ティアラ文庫

Tia6703

♥ 好評発売中! ♥

Tiara Label ティアラ文庫

「この髪も、可愛い唇も、
もちろんココも……みーんな僕のものだ」
父親の事情で結婚することになったリゼット。
「仲睦まじくて素敵な夫婦ね」なんて、
甘い囁きと愛撫を繰り返されてこんなに翻弄されてる
のに⁉

Tia6688

♥ 好評発売中! ♥

ティアラ文庫
Tiara Label

Tia6746

♥ 好評発売中! ♥

ティアラ文庫

Tia6729

♥ 好評発売中! ♥

ティアラ文庫

Tia6706

♥ 好評発売中! ♥

Tiara Label
ティアラ文庫

♥ 好評発売中! ♥

Tia6691

ティアラ文庫&オパール文庫総合Webサイト

L'ecrin
レクラン

http://www.l-ecrin.jp/

『ティアラ文庫』『オパール文庫』の
最新情報はこちらから!

お楽しみ、
もりだくさん!

♥無料で読めるWeb小説
『ティアラシリーズ』『オパールシリーズ』
♥Webサイト限定、特別番外編
♥著者・イラストレーターへの特別インタビュー …etc.

スマホ用公式
ダウンロードサイト

ガールズ
Girl's ブック

難しい操作はなし! 携帯電話の料金でラクラク決済できます!

Girl's ブックはこちらから

http://girlsbook.printemps.co.jp/
(PCは現在対応しておりません)

キャリア決済も
できる

ガラケー用公式ダウンロードサイト

docomoの場合▶iMenu>メニューリスト>コミック/小説/雑誌/写真集>小説>Girl's iブック
auの場合▶EZトップメニュー>カテゴリで探す>電子書籍>小説・文芸>G'sサプリ
SoftBankの場合▶YAHOO!トップ>メニューリスト>書籍・コミック・写真集>電子書籍>G'sサプリ
(その他DoCoMo・au・SoftBank対応電子書籍サイトでも同時販売中!)

原稿大募集

ティアラ文庫では、乙女のためのエンターテイメント小説を募集しております。
優秀な作品は当社より文庫として刊行いたします。
また、将来性のある方には編集者が担当につき、デビューまでご指導します。

募集作品

H描写のある乙女向けのオリジナル小説（二次創作は不可）。
商業誌未発表であれば同人誌・インターネット等で発表済みの作品でも結構です。

応募資格

年齢・性別は問いません。アマチュアの方はもちろん、
他誌掲載経験者やシナリオ経験者などプロも歓迎。
（応募の秘密は厳守いたします）

応募規定

☆枚数は400字詰め原稿用紙換算200枚〜400枚
☆タイトル・氏名（ペンネーム）・郵便番号・住所・年齢・職業・電話番号・
　メールアドレスを明記した別紙を添付してください。
　また他の商業メディアで小説・シナリオ等の経験がある方は、
　手がけた作品を明記してください。
☆400〜800字程度のあらすじを書いた別紙を添付してください。
☆必ず印刷したものをお送りください。
　CD-Rなどデータのみの投稿はお断りいたします。

注意事項

☆原稿は返却いたしません。あらかじめご了承ください。
☆応募方法は郵送に限ります。
☆採用された方のみ担当者よりご連絡いたします。

原稿送り先

〒102-0072　東京都千代田区飯田橋3-3-1
プランタン出版「ティアラ文庫・作品募集」係

お問い合わせ先

03-5226-5742　　プランタン出版編集部